DREAMBOOKS

DREAMBOOKS★

DREAMBOOKS

무적군주 로이스

ORIGINAL FANTASY STORY & ADVENTURE

오렌 판타지 장편소설

dream books
드림북스

무적군주 로이스 3

초판 1쇄 인쇄 2018년 4월 23일
초판 1쇄 발행 2018년 5월 4일

지은이 오렌
발행인 오영배
기획 박성인
책임편집 이예찬
디자인 권지연
일러스트 문필재
제작 조하늬

펴낸 곳 (주)삼양출판사 · 드림북스
주소 서울시 강북구 도봉로 173
대표 전화 02-980-2112 **팩스** 02-983-0660
편집부 전화 02-980-2116 **팩스** 02-983-8201
블로그 blog.naver.com/dreambookss
출판등록 1999년 3월 11일 제9-00046호

ISBN 979-11-283-9393-8 (04810) / 979-11-283-9390-7 (세트)

+ 이 도서의 국립중앙도서관 출판시도서목록(CIP)은 서지정보유통지원시스템홈페이지(http://seoji.nl.go.kr)와 국가자료공동목록시스템(http://www.nl.go.kr/kolisnet)에서 이용하실 수 있습니다. (CIP제어번호: 2018011046)

무적군주
로이스
3
오렌 판타지 장편소설
ORIGINAL FANTASY STORY & ADVENTURE
dream
books
드림북스

Contents

Chapter 1
꽃밭을 확장하다

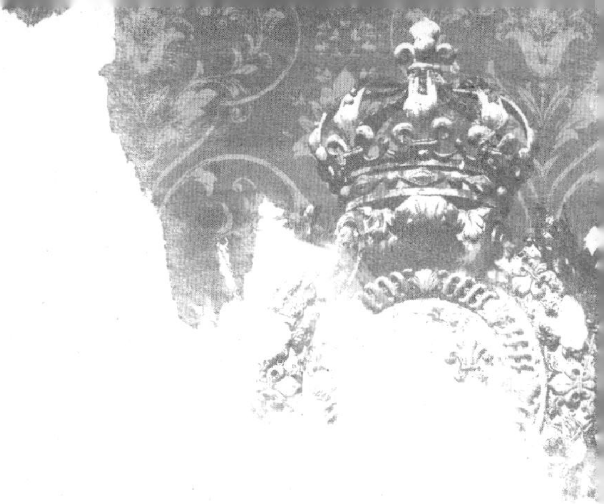

휘리리리.

백색의 크고 작은 꽃들이 춤을 추며 로이스의 주위를 휘돌았다. 그로 인해 지금 꽃밭에서 무슨 일이 벌어지고 있는지 로이스는 볼 수 없었다.

물론 두 눈으로 그것을 볼 수 없을 뿐이지 무슨 일이 벌어지는지는 알고 있다.

릴리아나가 꽃밭을 확장하고 있는 중이라는 것.

그래서 로이스는 느긋하게 기다렸다. 그런데 생각보다 시간이 오래 걸려 왠지 지루한 느낌도 들었다.

'한숨 자고 있을까?'

그러고 보니 하이칸과 싸우느라 이틀 밤을 꼬박 지새운 터였다. 레벨이 대거 상승해 몸의 상태는 최상이었지만 잠은 좀 자 두는 게 좋으리라.

곧바로 로이스는 그대로 바닥에 드러누웠다.

그러자 근처를 휘돌고 있던 백색 꽃들이 로이스가 누워 있는 자리로 모여들며 침대의 형상을 이루었다.

푹신한 꽃 침대.

그중 일부는 이불처럼 로이스를 덮어 주었다.

누구라도 신기해할 만한 광경이었지만 로이스는 이미 이런 것에 익숙했다. 침대에 누운 순간 그는 이미 깊이 잠들어 있었다.

쿨쿨—

그리고 이튿날 아침 로이스가 잠에서 깨어나자 꽃밭은 완전히 바뀌어 있었다.

"으함! 잘 잤다~!"

기지개를 펴고 일어나 주위를 둘러본 로이스의 두 눈이 휘둥그레 커졌다.

"여긴 어디야?"

황금빛으로 번쩍이는 커다란 방.

은빛의 탁자 위에 보이는 화려한 꽃병들.

금박과 은박으로 만들어진 멋진 책들이 꽂혀 있는 서가.

그리고 그밖에 정체를 알 수 없는 각종 가구들이 커다란 방 안에 질서 있게 배치되어 있었다.

심지어 로이스가 누워 있는 꽃 침대도 온갖 아름다운 보석으로 치장되어 있었고, 벽의 한쪽은 알록달록한 색유리로 되어 있었는데, 햇살을 받아 신비롭게 반짝였다.

잠시 멍한 표정으로 방 안을 둘러보던 로이스는 빙긋 웃었다.

"그렇지. 꽃밭이 이렇게 바뀐 게 분명해."

12카퍼스의 미스토스로 꽃밭을 확장한다고 하더니 로이스의 처소를 이렇게 멋지게 만들어 놓은 것이다.

"이거 아주 마음에 드는걸."

역시 기를 쓰고 마족과 마물들을 해치운 보람이 있었다.

"밖으로 나가 볼까?"

방문 앞에 서자 문이 저절로 열렸다. 방은 기다란 복도와 이어져 있었는데, 양쪽 복도의 벽에는 일정 간격으로 그림이 걸려 있었다.

"엉? 내 얼굴이잖아."

가장 먼저 보인 것은 로이스의 초상화였다. 카센의 로브를 입고 할버드를 들고 있는 소년 로이스의 모습이었다.

계속해서 다른 그림도 대부분 로이스가 등장하는 그림들이었는데, 릴리아나와 함께 웃고 있는 그림도 보였고, 용자 아시엘과 대화를 나누는 모습이 그려진 그림도 있었다.

가장 인상적인 그림 중 하나는 로이스가 마족 하이칸과 치열한 전투를 벌이는 장면이 그려져 있는 것!

하필이면 로이스가 하이칸이 날린 유황불에 의해 시커멓게 탄 모습으로 두 주먹을 불끈 쥐고 있는 모습이었다.

그것을 보며 로이스는 깜짝 놀랐다.

"대체 이걸 누가 그린 거야?"

아무에게도 보여 주고 싶지 않은 장면이었는데, 그걸 이렇게 대놓고 그려 놓다니.

"그림이 움직이네. 이게 뭐지?"

잘못 봤나 싶었는데 그게 아니었다. 그림 중 하나를 유심히 쳐다보고 있으면 그 그림이 움직였다. 정확히는 그림 속의 인물들이 움직이고 있었다.

'내가 죽으면 머지않아 데세오 님이 이곳에 강림하실 것이다. 너는 이제 뒈졌어, 새끼야.'

'그럼 그놈도 해치워 버리면 되겠지. 그렇지 않아도 마왕이 어떤 녀석인지 궁금했는데 잘됐군.'

'머, 멍청한 놈 같으니. 마왕 데세오 님은 너 따위 놈 백 명이 있어도 못 죽여.'

'그건 내가 알아서 할 테니 넌 그만 닥치고 사라

져라…….'

놀랍게도 로이스가 하이칸과 전투를 펼칠 때의 상황이 그대로 재연되고 있었다. 말소리까지 말이다.

하이칸이 그려져 있는 이 그림은 하이칸이 로이스의 주먹에 최후를 맞이하는 순간 멈췄다. 그러다 잠시 후 다시 처음부터 싸우는 장면이 반복되었다.

"훗, 이거 재밌는데?"

비록 그림이지만 자신의 모습을 바라보고 있으니 뭔가 기분이 묘했다. 계속해서 로이스는 다른 그림들도 하나씩 쳐다봤다.

'라개드 녀석도 있네.'

마화 루비아나에게 맞아 퉁퉁 부어 있는 오크 대장 라개드에게 로이스가 구운 멧돼지 고기를 주며 달래는 장면.

'라비쓰랄!'

'하하! 미안해, 라개드. 많이 아프냐?'

'크악! 닥쳐라! 오늘 너 죽고 나 죽자, 이 미친놈아!'

'그래서 이 고기를 가져왔어. 화 풀어라.'

'그냥 날로 가져오지 뭐 하러 구웠냐?'

'뭐 그냥 별미라 생각하면 되잖아.'

'크흐, 별미라! 좋아. 어쨌건 잘 먹으마…….'

그림에서 친구 라개드의 음성이 들리자 왠지 반가웠다.

그러나 로이스의 마음을 가장 뭉클하게 만드는 그림은 물론 엄마 루비아나와의 추억이 깃들어 있는 장면이었다.

'로이스, 이제 네 나이도 십오 세가 되었으니 엄마가 아닌 어머니라 부르렴.'

'하하하, 엄마라고 부르는 게 난 더 좋아요.'

'그래? 그렇다면 네 맘대로 하려무나.'

'로이스! 많이 배고프지? 유액을 준비해 놨으니 어서 먹으렴.'

'다 마셨어요.'

'요즘 너를 괴롭히는 녀석은 없니, 로이스?'

'그거야 당연히 없죠.'

'정말이니?'

'아 그러고 보니 북쪽 동굴에 있는 오크 대장 녀석이 저를 무척 괴롭히긴 해요.'

'흐음! 그렇지? 걱정 말거라. 이제 더 이상 너를 괴롭히지 못하도록 그 녀석을…….'

순간 로이스의 두 눈에서 눈물이 뚝 떨어져 내렸다.

두 번 다시 볼 수 없을 줄 알았는데 비록 그림일망정 다시 그녀의 얼굴을 보게 되자 왠지 뭉클했다.

물론 그저 추억의 일부가 담긴 그림이다 보니 같은 장면이 일정 시간마다 되풀이되고 있었지만, 로이스는 몇 번이고 그것을 쳐다보고 있었다.

앞으로도 루비아나가 그리워지면 여기 있는 그림을 보며 추억에 잠길 수 있을 것이다.

그렇게 로이스는 복도에 있는 그림 중 딱 하나를 제외하고는 모두 보았다.

그리고 마지막 그림.

웬 여기사가 아기를 품에 안고 다급히 달리는 모습이 그려져 있었다.

'이 그림은 뭐지? 저 아기는 누구야?'

지금까지 보았던 그림에는 모두 로이스가 등장했는데, 유독 이 그림만 처음 보는 이들이 그려져 있자 로이스는 고개를 갸웃했다.

바로 그때 그 그림의 인물들이 움직이기 시작했으니!

'쿠우우우어어어!'

갑자기 나타난 몬스터들. 그리고 거대한 미노타우로스가 여기사의 앞을 가로막았다. 여기사는 기를 쓰고 싸웠지만 결국 힘에 부쳐 쓰러지고, 아기는 미노타우로스의 먹잇감이 되어 사라질 상황이었다.

그러나 그때 뜻밖의 존재가 나타났으니!

다름 아닌 마화 루비아나였다.

무시무시한 기세를 뿜어내는 꽃의 요정의 모습에 미노타우로스는 기겁했고, 여기사는 마지막 힘을 짜내 외쳤다.

'그분의 이름은 로이스…… 용자 카디나스 님의 아들이에요. 15년 후 샤론 대륙…… 반드시 이 씨앗을 샤론 대륙에…….'

그리고 여기사는 죽었다.

"이, 이럴 수가!"

로이스는 깜짝 놀랐다.

그렇다. 저 그림 속의 아기는 바로 자신이었던 것이다.

언젠가 꿈에서 미스토스 군주 레카온이 했던 말.

로이스가 바로 용자 카디나스의 아들이라고 했는데, 지금 이 그림 속의 여기사도 그와 같은 말을 하고 있었다.

그 후로도 그림의 장면은 이어졌다.

'흥! 대체 언제 봤다고 내게 부탁을 하는 거지?'

루비아나는 마화답게 여기사의 부탁이나 로이스를 보호하는 것에는 관심이 없어 보였다. 오히려 그 씨앗을 보고 환호했다.

'호호호! 이 씨앗이 있으면 나는 다시 생명력을 회복할 수 있다.'

'으아앙!'

그때 들리는 아기 로이스의 울음소리.

로이스는 여전히 미노타우로스의 손에 잡혀 있는 상태였다. 도와주지 않으면 결국 미노타우로스에게 먹히고 말 것이다.

그 순간 루비아나가 잠시 고심하는 표정을 지었다. 그러나 로이스를 보는 그녀의 눈빛은 이내 따스해졌다. 동시에 미노타우로스를 노려보는 그녀의 눈빛이 싸늘히 빛났다.

'꾸어어어어억!'

곧바로 그녀의 손에 미노타우로스가 처참히 죽었다.

'감히 내 아들을 해치려 한 죄다.'

루비아나는 아기 로이스를 부드럽게 품에 안았다.

'호호! 이름이 로이스라고 했지? 너는 이제부터 나의 아들이야.'

거기까지 바라본 로이스는 순간 번개라도 맞은 듯 몸을 떨었다.

"그럼 나를 위해서 엄마가……."

저 씨앗을 로이스에게 주지 않고 루비아나가 취했다면 그녀는 생명이 연장되어 지금도 살아 있을 것이다.

그러나 로이스를 위해 그녀는 그것을 포기했다.

그 사실을 마지막까지 알려 주지 않았기에 로이스는 지금껏 모르고 있었는데, 오늘 비로소 알게 되었다.

"대체 왜 그런 선택을……."

물론 로이스는 루비아나가 그만큼 자신을 아껴서 그랬음을 알고 있지만, 그래도 왠지 시간을 되돌리고 싶었다. 지금 루비아나가 살아 있으면 얼마나 좋을까?

그렇게 털썩 주저앉아 슬퍼하고 있는 로이스를 향해 릴리아나가 다가왔다.

“로이스 님! 루비아나 님은 다시 시간을 되돌려도 같은 선택을 하실 거예요. 그분의 희생이 헛되지 않게 로이스 님은 꼭 미스토스 군주가 되셔야 해요.”

“그래야지.”

로이스는 고개를 끄덕였다. 릴리아나의 말이 틀리지 않았기 때문이다. 로이스가 과거를 생각하며 슬퍼하고만 있으면 루비아나도 결코 기뻐하지 않을 것이다.

“여긴 대체 뭐지? 왜 이런 그림들이 있는 거야?”

“로이스 님의 미스토스로 꽃밭을 확장하다 보니 자연스레 생겨난 기억의 복도예요.”

“기억의 복도?”

“로이스 님이 겪었던 과거의 일들이 움직이는 그림으로 기록되는 거죠.”

역시 그런 거였나. 하긴 미스토스의 힘이 아니라면 이런 기괴한 일은 불가능할 것이다.

“그럼 왜 그 이전의 기억들과 관련된 그림은 없는 거지?”

로이스 자신도 기억하지 못하는 방금 전과 같은 과거의 사실들이 그림으로 그려져 있다면, 로이스 자신이 태어났을 때의 모습과 당시 부모님들의 모습도 볼 수 있어야 한다. 미스토스 군주 레카온을 만나는 장면도 마찬가지다.

그러자 릴리아나는 고개를 흔들었다.

"그건 아마도 미스토스가 부족하기 때문이겠죠. 앞으로 좀 더 미스토스가 쌓이면 당시의 기억들도 그림으로 나타날 거예요."

"그렇군."

로이스가 미스토스를 부지런히 쌓아야 할 이유가 또 생겼다. 릴리아나가 미소 지었다.

"과거의 기억에 너무 연연하지 말고 새롭게 바뀐 꽃밭을 구경해 보세요, 로이스 님."

"좋아."

복도를 나서자 이전보다 수십 배는 더 넓어진 꽃밭의 정경이 나타났다.

연못 또한 작은 호수라 불려도 될 만큼 커졌고, 그곳을 관리하는 물의 요정도 퓨리를 포함해 7명이나 되었다.

마찬가지로 꽃밭 전체의 공기 정화와 청소 등을 담당하는 바람의 정령도 실피를 포함해 7명.

그리고 약초밭도 거대해졌는데, 건트를 포함한 땅의 정

령 7명이 약초밭 담당이었다.

"로이스 님, 처음 뵙겠어요."

"언제든 시키실 일 있으면 편하게 시켜 주세요!"

"헤헤! 고용해 주셔서 감사합니다."

새로 고용된 21명의 정령들이 로이스를 향해 밝게 인사했다. 로이스도 미소 지었다.

"하하, 모두 반가워."

정령들이 많아지며 뭔가 북적대는 분위기가 싫지는 않았다.

로이스의 집은 이렇게 넓어진 꽃밭의 중심에 마치 궁전처럼 멋지게 세워져 있었다. 그런데 궁전 주변에 지하로 통하는 동굴도 하나 보였다.

"동굴도 있네? 저건 뭐지?"

"로이스 님의 부하들이 있을 장소예요."

"오, 그래?"

릴리아나는 라크아쓰가 로이스의 부하라는 사실을 알고 있었다. 네이더들이 지내는 데는 저런 동굴만 한 곳이 없을 것이다.

릴리아나가 동굴을 가리키며 말을 이었다.

"언뜻 보기에는 그저 평범한 동굴 같지만 네이더들이 휴식을 취하기에 가장 이상적인 공간이에요. 먹이도 충분하게 생겨날 뿐 아니라 미스토스의 힘이 네이더들의 체력과 마나를 빠르게 회복시켜 주거든요."

"그런 것도 가능해?"

로이스는 감탄했다.

그러고 보니 미스토스의 힘이 라크아쓰와 그의 부하 네이더들을 위해 최적화된 휴식처를 만들어 준 것이다.

사실 로이스의 부하는 라크아쓰 하나뿐이지만, 라크아쓰는 혼자가 아니라 12마리의 네이더들을 이끌고 있으니, 그들 또한 로이스의 부하라 할 수 있었다.

그래서 동굴의 크기는 그들 모두가 편히 쉴 수 있을 만한 규모였다.

"앞으로도 로이스 님이 혹시 다른 부하를 거두게 되면 그에게 적합한 멋진 휴식처가 또 생겨날 거예요."

"그렇군."

부하 만드는 것을 별로 좋아하지 않는 로이스이기에 또 다른 부하가 생길지는 알 수 없다. 라크아쓰야 옷 때문에 받아들였을 뿐이니까.

"물론 그것을 위해서는 미스토스가 계속 필요하겠죠."

"미스토스는 염려 마."

로이스는 자신 있게 미소 지었다.

미스토스가 많으면 꽃밭이 이처럼 멋지게 변한다.

화려한 궁궐과 같은 처소에 신비한 기억의 복도!

그뿐인가? 많은 정령들을 고용할 수도 있다. 심지어 부하들에게 적합한 휴식처가 생겨나기도 한다.

그러나 로이스에게 있어서 그것들보다 더욱 중요한 것은 따로 있다.

바로 강해진다는 것!

강한 몬스터들을 해치우면 그만큼 더 강해진다. 동시에 그로부터 쌓인 미스토스는 이처럼 릴리아나를 통해 여러 가지 유용한 시설들을 만들어 낼 수 있다.

그러니 로이스에게 있어서 미스토스를 쌓는 일은 그야말로 신나는 일이 아닐 수 없었다.

"근데 저 연못은 뭐야?"

정원에는 두 개의 연못이 있었다. 하나는 연못이라기보다는 작은 호수를 방불케 할 만큼 커다란 규모로, 투명하고 맑은 물 안에는 가지각색의 물고기들이 헤엄치고 있었다.

그뿐이 아니다. 바닥 도처에는 보석처럼 빛나는 돌들이 반짝였고, 연못 주위로 신비한 풀들과 꽃들이 춤을 추고 있었다.

게다가 7명이나 되는 물의 정령들도 곳곳에서 헤엄을 치고 있었으니!

그 누가 봐도 감탄이 나올 만큼 아름다운 연못, 아니, 호수였다.

그런데 다른 하나의 연못은 일단 지름이 대략 3로빗 정도밖에 안 될 만큼 작았다. 또한 물은 탁해서 안에 뭐가 있는지 전혀 보이지 않았고, 주변엔 큼직한 돌들만 쌓여 있을 뿐이었다.

"훌륭한 연못이 있는데 저런 투박한 연못은 뭐 하러 또 만든 거지?"

"저건 낚시터예요."

"낚시? 저기서 물고기를 잡을 수 있다는 거야?"

그러자 릴리아나가 미소 지었다.

"저건 보통의 낚시터가 아니라 미스토스의 힘으로 만든 차원의 낚시터랍니다."

"보통의 낚시터와 뭐가 다른데?"

로이스는 고개를 갸웃했다.

수면 아래가 전혀 보이지 않는다는 것 외에는 별달리 특이한 점이 없어 보이는 연못이다.

대체 저 안에 무슨 대단한 것이 있는 것일까?

물고기도 몇 마리 살지 못할 것 같은데 말이다.

"달라도 많이 다르죠. 이 낚시터는 수많은 차원에 존재하는 각종 강이나 호수, 대양과 연결되어 있거든요."

로이스는 깜짝 놀랐다.

"대양이라면 바다 아냐?"

연못이 강이나 호수와 연결되어 있다는 것도 뭔가 황당무계한 것 같긴 하다. 그러나 미스토스라는 것이 워낙 신비한 능력을 가지고 있으니, 그러려니 할 수 있었다.

그런데 아무리 그래도 바다는 아니지 않은가.

저 작은 연못이 어떻게 바다와 연결되어 있다는 것일까?

그러자 릴리아나가 빙긋 웃었다.

"낚시의 단계를 높일수록 보다 희귀한 것들을 낚을 수 있어요."

"이것도 할버드처럼 단계가 있어?"

"네. 단, 낚시는 저기 있는 낚싯대로만 가능해요."

릴리아나는 낚시터 한쪽에 놓인 갈색빛의 낚싯대를 가리켰다.

그러나 로이스는 이내 시큰둥한 표정으로 고개를 돌렸다.

"낚시 따위는 관심 없어."

나중에 정 심심하면 한 번 해 볼지는 모르겠다. 지금은 그럴 시간에 할버드 수련이나 하는 것이 나을 것이다.

"낚시를 하면 좋은 점이 있어요."

"그게 뭔데?"

"마법에 대한 저항력이 올라가게 돼요."

"……?!"

순간 로이스의 두 눈이 휘둥그레 커졌다.

그렇지 않아도 마족들의 기괴망측한 마법에 적지 않게 낭패를 당했던 로이스다.

그런데 낚시를 하면 그런 마법에 대한 저항력이 올라간다고 하니 당연히 귀가 솔깃할 수밖에 없었다.

"그럼 이것도 수련이잖아."

"그렇다고 할 수 있죠."

태평스레 물고기나 낚는 일 따위는 관심 없지만, 그것이 수련이라면 얘기가 다르다.

"당장 해 보겠어."

"미끼는 필요 없으니 그냥 저 연못에 찌를 던지시면 돼요."

"그래?"

로이스는 낚싯대를 집어 들었다. 푸르스름한 낚싯줄의 끝에는 붉은색의 찌와 흑색의 바늘이 매달려 있었다.

[투박한 차원의 낚싯대를 얻었습니다.]

*투박한 차원의 낚싯대

—등급 : 희귀

—내구도 10/10

—차원의 낚시터에서 낚시를 할 수 있음.

—미끼가 필요 없으며, 낚싯대를 던지면 자동으로 낚시가 시작됨.

—낚싯대를 던질 때마다 내구도가 1 소모되며, 내구도가 0이 되면 더 이상 낚시를 할 수 없음.

곧바로 나타나는 글자들을 보고 로이스는 이 낚싯대의 이름이 투박한 차원의 낚싯대라는 것을 알았다.

미끼도 없이 그냥 던지면 알아서 낚시가 된다니 신기했다.

휙.

곧바로 로이스는 낚싯대를 연못에 던졌다.

착.

붉은색의 찌가 수면에 반쯤 잠긴 채로 멈춰 섰다. 릴리아나가 그것을 가리키며 말했다.

"찌가 움직이면 그 즉시 낚싯대를 들어 올리세요."

"응."

계속해서 로이스는 릴리아나에게 낚시에 대한 간단한 요령을 배웠다. 물론 요령이라고 해 봤자 찌가 움직이면 낚싯대를 들어 올리는 것, 그 전에는 낚싯대를 움직이지 말고 찌를 쳐다보고 있으라는 것 정도지만.

"……."

그런데 한참이 지나도 찌는 움직이지 않았다. 지루하다

못해 졸릴 지경이었다.

'꽤 오래 걸리네.'

로이스는 무척이나 지루했지만 그래도 찌에서 시선을 떼지 않았다. 이것은 단순한 낚시가 아니라 마법 저항력을 키우기 위한 수련이니까.

다른 건 몰라도 수련이라면 절대 대충할 수 없다!

그 후로도 로이스는 마치 석상이라도 된 듯 그 자리에서 미동도 없이 찌만 바라보았다.

그런 로이스의 진지한 모습을 릴리아나는 환한 표정으로 지켜봤다.

'귀찮아하면서도 찌에서 시선을 거두지 않고 계셔.'

간혹 아이처럼 단순한 행동을 할 때도 있지만 그것은 로이스가 보여 주는 일면에 불과할 뿐.

지금의 모습이야말로 그의 진면목이다.

수련에 무섭도록 몰두하는 광적인 태도!

그것은 바로 강해지겠다는 의지에서 비롯된 것이리라.

그와 같은 모습의 로이스를 바라보는 것이야말로 수호요정인 릴리아나의 행복이었다.

스읏.

한편 그사이 수면 위에 고정되어 있던 찌가 꿈틀 움직이기 시작했다.

"지금인가?"

로이스는 기다렸다는 듯 낚싯대를 들어 올렸다.

파닥.

아주 작은 물고기 한 마리가 낚싯바늘을 물고 있었다.

[피라미를 낚았습니다.]

'피라미?'

손가락보다 작은 물고기의 정체는 다름 아닌 피라미라는 것이었다.

* 피라미

—등급 : 일반

—원산지 : 하디오스 대륙 라임강

—평범한 소형 물고기로 생선 요리의 재료로 쓰임.

하디오스 대륙은 또 어디에 있는 것일까?

어쨌든 그곳 어딘가에 있는 라임강에서 살고 있던 이 피라미가 차원의 낚시터를 통해 로이스의 낚싯바늘에 걸린 모양이었다.

[당신은 낚시를 배웠습니다.]

[당신의 낚시 능력이 1단계가 되었습니다.]

피라미를 낚았을 뿐인데도 다행히 낚시 능력이 생겨났다. 그러나 중요한 것은 그 이후의 내용이었다.

[당신의 마법 저항력이 소폭 상승했습니다.]

비록 소폭이지만 마법 저항력이 올랐다. 낚시를 한 번 했을 뿐인데 말이다.

"후후! 성공했어."

로이스는 쾌재를 불렀다. 릴리아나도 손뼉을 쳤다.

"잘하셨어요."

"그럼 또 해 볼까?"

낚시 능력이 생겨났으니 낚시가 좀 더 쉬워질 것이다.

휙.

로이스는 다시 낚싯대를 던졌다.

"……."

잠시의 정적.

기다리는 것은 여전히 지루한 일이지만 로이스는 찌에서

눈을 떼지 않았다.

스읏.

'벌써?'

확실히 이번에는 입질 시간이 빨라졌다. 낚시 능력이 생긴 덕분인 듯했다.

[낚시에 실패했습니다.]

[낚시에 실패해도 낚시 능력에 대한 숙련도는 쌓입니다.]

[그러나 실패 시 마법 저항력은 상승하지 않으니, 실패하지 않도록 낚시의 단계를 높이세요.]

"실패도 있는 건가?"

"아직 단계가 낮아서 그래요."

"그럼 어서 단계를 높여야겠어."

로이스는 실망하지 않고 다시 낚싯대를 던졌다.

오늘 처음 시작이니 서두를 필요 없다. 처음부터 잘할 수는 없으니까. 꾸준히 하다 보면 머지않아 낚시의 단계도 높아질 것이다.

[낚시에 실패했습니다.]

이번에도 실패!

—내구도 7/10

그런데 낚싯대의 내구도는 낚시에 성공하든 말든 상관없이 한 번 던질 때마다 1씩 떨어졌다.

"내구도가 다 떨어지면 더 이상 이걸로 낚시를 못하는 거지?"

"미스토스의 힘으로 내구도를 수리할 수 있으니 염려 마세요. 다만 하루의 시간이 필요하죠."

그 말은 하루에 딱 10번만 낚싯대를 던질 수 있다는 얘기다.

[낚시에 실패했습니다.]
[낚시에 실패했습니다.]

이후로도 계속 실패였다. 처음에 피라미를 낚았던 것은 그저 운이었던 것일까?

[낚시에 실패했습니다.]

[낚시에 실패했습니다.]

……

[낚시에 실패했습니다.]

다행인 건 낚시에 실패해도 낚시에 대한 숙련도는 쌓이고 있다는 것!

[당신의 낚시 능력이 2단계가 되었습니다.]

첫 번째 성공 이후 연거푸 8번이나 실패했지만 대신 낚시의 단계는 상승했다.

Chapter 2
마왕의 전언

"낚시 단계가 올랐어."

"축하드려요! 어서 또 낚싯대를 던져 보세요."

"이제 내구도가 1뿐이야."

"오늘의 마지막 낚시네요."

"이번에는 뭐라도 좀 낚이면 좋을 텐데."

로이스의 눈빛이 마치 마족과 전투를 벌일 때처럼 이글거렸다.

휙!

곧바로 낚싯대를 던졌다.

그렇게 얼마의 시간이 지났을까?

스읏.

찌가 흔들렸다. 1단계보다 빨라진 입질 시간.

역시나 낚시의 단계가 오르면 입질이 빨라지는 모양이다.

[붕어를 낚았습니다.]

[당신의 마법 저항력이 소폭 상승했습니다.]

"하하, 성공!"

"멋져요!"

드디어 성공했다. 덕분에 마법 저항력도 소폭 올랐다. 릴리아나가 파닥이는 물고기를 가리키며 탄성을 질렀다.

"붕어를 잡으셨네요."

손바닥만 한 크기의 물고기는 붕어라는 것이었다.

* 붕어

—등급 : 희귀

—원산지 : 라키아 대륙 그나인 호수

—생선 요리의 재료.

—보통의 붕어보다 훨씬 맛있고 요리하면 특별한 효과를 얻을 수 있음.

게다가 희귀 등급이다!

설명을 본 로이스의 두 눈이 휘둥그레 커졌다.

"그나인 호수라면?"

그곳은 라키아 대륙 북부 체란산 근처에 위치한 커다란 호수가 아닌가? 체란산을 꽉 잡고 있던 로이스가 그곳을 가 보지 않았을 리 없었다.

그런데 놀랍게도 이 희귀 등급의 붕어가 살고 있던 곳이 바로 그곳이었을 줄이야.

"신기하네. 대체 그 먼 곳에 있는 물고기가 어떻게 이 연못에서 잡히는 걸까?"

"미스토스의 힘이 작용하는 차원의 낚시터라서 그래요."

하긴 이건 아무것도 아니다. 아까 낚은 피라미는 듣도 보도 못한 대륙에서 살던 것이었으니까. 거리로 따진다면 이 붕어보다 그 피라미가 훨씬 더 먼 곳에서 온 것이었다.

"어쨌든 오늘의 낚시는 끝났군."

"고생하셨어요."

"아니야. 꽤 재미있던걸."

로이스는 낚싯대를 릴리아나에게 건네며 미소 지었다.

10번 던져서 2번 성공했다.

지루하기는 했어도 확실히 재미났다.

그러던 로이스는 돌연 낚시로 잡은 두 마리의 물고기들을 가리키며 말했다.

"그런데 이 고기들은 어떻게 하지? 설마 이대로 놔줄 건 아니겠지?"

평소 로이스가 고기 먹는 것을 싫어하는 릴리아나다. 그러다 보니 애써 잡은 걸 그냥 놔줄지도 모른다.

그러나 릴리아나는 뜻밖에도 고개를 흔들었다.

"놔주다뇨. 그럴 수는 없죠."

"그럼 먹어도 상관없어?"

"네. 원하시면 땅의 정령들에게 요리를 시키겠어요."

로이스는 반색했다. 하지만 궁금했다.

"유액만 먹어도 충분하다면서? 정말 그런 요리를 먹어도 괜찮은 거야?"

"차원의 낚시터에서 잡은 물고기는 보통의 물고기와 달라요. 미스토스의 힘이 깃들어 있어 유액 못지않게 로이스님의 능력을 강하게 해 줄 거예요."

"으하하하!"

로이스는 크게 웃었다. 이제 유액만 먹던 시기는 지났다. 릴리아나의 잔소리를 걱정하지 않고도 마음껏 맛있는 고기를 먹을 수 있게 됐으니까.

'후후, 낚시는 정말 좋은 것이군.'

낚시에 성공하면 마법 저항력이 상승한다. 게다가 낚은 물고기를 요리해 먹을 수도 있으니 이보다 더 좋은 게 어디 있을까?

'내일은 더 크고 맛있어 보이는 물고기를 낚고 말겠어.'

로이스는 뿌듯한 미소를 흘리며 라크아쓰의 동굴이 있는 쪽으로 걸음을 옮겼다.

이 아름다운 꽃밭과는 별로 어울리지 않는 험악한 몬스터인 네이더들의 둥지.

라크아쓰는 로이스가 나타나자 기다렸다는 듯 후다닥 달려와 공손히 옷과 망토를 내밀었다.

"로드! 오늘 입으실 옷입니다."

카센의 붉은 로브가 아닌 번쩍이는 황금색의 무사복!

로이스의 몸에 자로 잰 듯 딱 맞았다. 무엇보다 로이스 특유의 강인한 기세와 잘 조화되어 매우 멋들어지면서도 신비로운 분위기였다.

라크아쓰는 어디서 구했는지 커다란 전신 거울을 로이스 앞에 내보이며 물었다.

"케켓, 어떠십니까? 마음에 드시는지요?"

"아주 마음에 드는군. 수고했다."

로이스는 거울에 비친 자신의 모습을 보며 흡족한 미소를 지었다. 역시 라크아쓰는 쓸 만한 부하였다.

"그럼 어디 나가 볼까?"

곧바로 로이스는 꽃밭을 나섰다. 산책도 할 겸 아시엘의 아스피스 성을 둘러볼 생각이었다.

"로이스 님!"

그때 마침 아시엘도 산책 중이었는지 막 꽃밭을 나온 로이스와 마주쳤다.

"안녕? 잘 잤어?"

"네. 덕분에요."

아시엘은 환하게 웃었다. 그녀는 자신이 이 신비롭고 거대한 성의 주인이 된 것이 아직도 잘 믿기지 않았다.

이 모든 것이 바로 미스토스의 신비한 능력 덕분이지만, 그러한 미스토스를 쌓게 해 준 이가 바로 로이스였으니 그에게 고마운 감정을 느끼는 것은 당연했다.

"와! 근데 오늘 그 옷 아주 멋지네요. 전에 것보다 훨씬 나아요."

로이스는 씩 웃었다. 세상에 멋지다는 말을 듣는 것처럼 기분 좋은 건 없을 것이다. 특히나 아시엘처럼 예쁜 소녀의 입에서 나온 말이라면 더더욱.

"그보다 용병들이 줄었네?"

어제까지만 해도 성벽과 경계 탑 곳곳에 가득 배치되어 있던 용병들이 지금은 거의 보이지 않았다.

드문드문 경계를 서고 있던 용병들의 숫자는 다 합쳐도 100명 정도뿐이었다.

"그들은 대부분 본래 있던 곳으로 귀환한 상태이고 성에 위급한 상황이 발생하면 다시 소환될 거예요."

"뭐 그렇게 번거롭게 하는 거지? 그냥 항상 대기하고 있으면 안 되는 거야?"

"그럼 미스토스가 많이 소모되거든요."

미스토스를 아끼기 위해 평시에는 용병들을 최소 경비 병력만 상주시키고, 나머지는 귀환시켰다는 것이다.

그와 달리 릴리아나의 꽃밭에 고용된 정령들은 그대로 남아 있었다. 정령들의 숫자가 소수이다 보니 그들을 유지하는 데 드는 미스토스의 부담이 크지 않기 때문이다.

또한 릴리아나는 로이스가 얻은 미스토스의 상당 부분을 예비해 두었다. 용자인 아시엘은 성을 강화해 영역을 확장해 나가야 하는 사명을 가지고 있지만, 미스토스 기사인 로이스로서는 굳이 그럴 필요가 없으니까.

따라서 유사시 엄청난 적이 나타나 아시엘의 성이 무너져 내린다 해도 릴리아나의 꽃밭은 무사할 것이다. 수호 요정 릴리아나에게는 다른 어떤 것보다 로이스를 보호하는 것이 최우선이었다.

물론 로이스는 그런 세세한 것까지 신경 쓰지 않았다. 그런 것은 릴리아나가 알아서 잘할 것이니 그녀에게 맡겨 두면 된다.

그만큼 로이스에게 있어서 릴리아나는 믿음직한 존재였다.

반면에 아시엘은 왠지 위태해 보였다. 과연 저 가냘픈 체구의 소녀가 이 거대한 성을 알아서 잘 지킬 수 있을 것인가?

벌써부터 미스토스 걱정에 한숨을 내쉬는 것이 눈에 보일 정도였으니.

로이스는 아시엘을 슥 노려봤다.

"그럼 이러고 있을 때가 아니잖아. 또 어떤 녀석들이 쳐들어올지 모르는데 미스토스를 팍팍 쌓아야지."

아시엘이 머쓱한 표정으로 고개를 끄덕였다.

"로이스 님의 말씀이 옳아요. 실은 저도 그 생각을 하며 산책을 하고 있었어요."

"뭐 좋은 생각이라도 떠올랐어?"

"실은 로이스 님께 부탁이 있어요."

"부탁?"

"혹시 이꼬트들의 보호수인 오후스가 있는 곳까지 저를 호위해 주실 수 있나요? 오후스를 부활시키면 적지 않은 미스토스를 얻을 수 있거든요."

그 말에 로이스는 시큰둥한 표정을 지었다. 뭔가 대단한 부탁을 할 거라 내심 기대했는데 그런 간단한 일이라니.

로이스는 관심 없다는 듯 고개를 흔들었다.

"벌써 내 말을 잊었나 보군. 난 시시한 일에는 나서지 않아."

마족 하이칸이 로이스의 손에 죽임을 당하고 그 휘하 마물들도 모두 흩어져 버렸으니 더 이상 메르카 숲에 위협적인 몬스터는 없을 것이다.

이런 상황에 아시엘을 호위하는 건 그냥 산책이나 소풍을 가는 것과 다름없다. 그따위 별 볼 일 없는 일에 시간을 허비하느니 차라리 혼자서 할버드 수련을 하는 게 나으리라.

그러나 아시엘은 그런 로이스의 반응에 놀라지 않았다. 오히려 그럴 줄 알았다는 듯 빙긋 웃으며 말했다.

"시시하긴요. 절대 시시한 임무가 아니에요. 이 성에서 마족의 저주로 이지를 상실한 오후스와 싸워 이길 수 있는 분은 로이스 님뿐이랍니다."

"나무와 싸워야 한다는 거야?"

"나무라고 깔보시면 안 돼요. 오후스는 보통의 나무가 아니거든요. 그의 능력은 웬만한 마족 못지않아요. 그렇지 않았다면 오래도록 이꼬트들을 마족들로부터 보호하지 못했겠죠."

"그래?"

"문제는 제가 미스토스의 힘으로 저주를 푸는 과정에서 마기의 폭주가 일어날 거예요. 그때 그것을 막지 못하면 끝장이에요."

아시엘의 진영에서 마기로 인해 폭주한 이꼬트의 수호수인 오후스를 막을 존재는 로이스뿐이었다.

"그런 거라면 얼마든지."

로이스는 기꺼이 승낙했다. 마족 못지않은 강한 녀석과 싸운다는 생각을 하니 벌써부터 기대가 되었다.

"오! 그렇지 않아도 그것 때문에 걱정이 많았는데 정말 다행입니다."

언제 나타났는지 타르파가 미소를 지으며 서 있었다. 로이스는 고개를 끄덕였다.

"안심해. 그 오후스란 녀석의 폭주는 내가 막아 줄 테니까."

"예, 로이스 님만 믿겠습니다."

그러나 타르파는 추가로 100여 명의 미스토스 용병들을 호위대에 합류시켰다.

용자가 안전한 보호 결계를 벗어나는 상황이다.

어떤 일이 벌어질지 모르니 만약의 상황을 대비해야 하

는 것이다.

또한 용자의 부재 시에 아스피스 성을 향해 또 어떤 적이 공격해 올지 알 수 없는 일. 성의 방어에도 만전을 기해야 했다.

따라서 미스토스의 방어 결계를 다룰 수 있는 타르파는 성에 남아 있어야 했고, 미스토스 용병들을 지휘하는 경비대장 스워니 역시 마찬가지였다.

"이번 출정에서 용병들의 지휘권은 로이스 님께서 맡아 주셨으면 합니다."

"좋아."

로이스 역시 자신이 오후스와 싸울 때 아시엘을 지켜 줄 호위대는 필요하다는 생각이었다.

한편 그때 로이스가 출정하려는 기색을 보이자 네이더 두목 라크아쓰가 부하들과 함께 따라나설 채비를 하고 있었다. 로이스는 손을 흔들며 말했다.

"라크아쓰! 너는 남아서 성을 지켜. 전투가 벌어지면 저기 있는 타르파의 말을 듣도록 해."

"예, 로드."

지난 전투에서 보았듯이 라크아쓰를 비롯한 네이더들은 공격보다는 방어에서 뛰어난 능력을 발휘한다. 거미줄을 쏘아 대며 미스토스 용병들을 보조해 준다면 전력에 큰 보탬이 될 것이다.

타르파 역시 그 사실을 알고 있는 터라 반색하는 기색이 었다.

잠시 후 아시엘과 로이스는 아스피스 성을 나섰다.

오후스의 부활을 위한 출정!

일행에는 이꼬트 아린과 디안도 포함되어 있었다. 또한 전신갑주로 무장한 100명의 미스토스 용병들.

“으하하하! 로이스 님이 함께 가시니 든든합니다.”

“무적의 미스토스 기사 로이스 님과 함께라면 그 어떤 임무도 두렵지 않습니다!”

로이스 덕분에 용병들의 사기는 충천했다.

그런데 지금 이 순간 그 누구보다 가슴이 부풀어 있는 이들은 다름 아닌 이꼬트 아린과 디안이었다.

“오후스 님이 정말 부활할 수 있을까요, 아시엘 님?”

“헤헤! 정말 믿기지가 않아요.”

아시엘은 미소 지으며 고개를 끄덕였다.

“응. 잠시 후면 너희들의 눈으로 그것을 보게 될 거야.”

이꼬트의 보호수인 오후스의 부활!

그것은 아린과 디안에게 꿈만 같은 일이었다.

그러나 아시엘에게도 매우 중요한 의미가 있었으니.

그것은 이꼬트들이 이후 용자인 그녀에게 큰 힘이 되어

줄 것이기 때문이다. 이는 그녀가 명상을 통해 자연스럽게 깨닫게 된 것이었다.

아스피스 성의 신비한 방패 문양.

그 문양에는 나무의 형상이 있는데 바로 이꼬트들의 수호수인 오후스를 의미했다. 즉, 오후스는 이꼬트들뿐 아니라 용자 아시엘을 수호하도록 예정된 특별한 운명을 타고 난 것이었다.

집사 타르파처럼 말이다.

만약 마족들의 방해만 없었다면 아시엘은 진작 오후스를 만나 힘을 얻었을 것이 분명했다.

그래도 아직 늦지 않아 다행이었다. 물론 마기로 인해 폭주할 오후스를 상대해야 하는 난관이 있긴 하지만.

"이쪽이에요, 아시엘 님."

"우릴 따라오세요."

숲으로 진입하자 아린과 디안이 앞장을 서서 길을 안내했다. 잠시 후면 오후스뿐 아니라 저주로 석화된 이꼬트들이 모두 부활할 것이란 생각에 아린과 디안의 안색은 잔뜩 상기되어 있었다.

"잠깐, 모두 멈춰!"

그런데 그때 돌연 묵묵히 걷던 로이스가 손을 흔들며 싸늘히 외쳤다. 이에 놀란 모두의 시선이 로이스를 향했다.

"로이스 님, 무슨 일이죠?"

아시엘이 물었다. 아직 오후스가 있는 곳에 도착하려면 한참을 더 가야 하기 때문이다.

"앞에 뭔가가 있다. 내가 상대할 테니 모두 뒤로 물러나 있어."

"알았어요."

아시엘이 고개를 끄덕였다. 바로 그 순간.

콰쾅!

강력한 굉음이 숲을 울렸다. 그와 동시에 울창한 숲을 뚫고 뭔가가 모습을 드러냈다.

"크크크크!"

그것은 거대한 괴수였다.

머리는 악어, 몸체는 거인의 형체를 가진 괴수!

그것이 나타난 순간 방금 전까지 화창한 봄날 같았던 날씨가 차갑게 얼어붙었다. 하늘은 순식간에 시커먼 먹구름으로 뒤덮여 사방이 암흑으로 물들기 시작했다.

"아앗, 괴물이 나타났어요!"

"저, 저런! 너무 끔찍해!"

아린과 디안이 두려움에 몸을 떨었다. 아시엘 역시 심장이 철렁 내려앉는 듯한 기분이었다.

'세상에! 저게 뭐지?'

반면에 로이스는 별달리 놀란 기색이 없었다. 그는 괴수를 담담히 노려보며 물었다.

"넌 뭐지? 혹시 마족이냐?"

괴수로부터 풍겨 나는 기운이 얼마 전 상대했던 마족들과 흡사한 부분이 있어 물어본 것이었다. 그러자 괴수가 키득거리며 고개를 끄덕였다.

"크크크! 그렇다. 나는 마족 파르두스. 위대하신 마왕 데세오 님의 권속이다."

"역시 그렇군. 너는 내가 상대해 주지."

로이스는 그럴 줄 알았다는 듯 할버드를 앞으로 겨눴다.

츠츳!

가볍게 내뻗은 할버드의 창날에서 피어나는 흑색의 오러!

파르두스는 그 강력한 기운의 정체를 단번에 알아보고는 인상을 확 찌푸렸다.

"마력의 구슬인가?"

마족을 쓰러뜨려야 얻을 수 있는 구슬. 로이스가 그것을 부착한 무기를 마족인 자신에게 겨누고 있으니 파르두스는 기막혔다.

"천박한 인간 놈이 마족의 힘을! 으득! 네놈이 감히 그따위 짓을 하고도 무사할 수 있을 거라 생각하느냐?"

"쓸데없는 말은 관두고 어서 덤비기나 해."

로이스는 마족과 불필요한 대화를 나누고 싶은 생각이 없었다.

마족이 나타났으면 싸워서 해치우면 될 뿐.

'그렇지 않아도 마족들을 찾고 있었는데 잘됐네.'

그 이유는 물론 미스토스 상급 기사가 되기 위함이었다.

[임무] 미스토스 상급 기사의 자격

—미스토스 상급 기사가 되기 위해서는 마족 10명을 쓰러뜨릴 수 있는 실력을 보여야 한다.

—마족을 처치한다. 3/10

이를 위해서는 도합 10명의 마족을 해치워야 하는데, 현재까지 3명을 처치했다.

그러한 와중에 새로운 마족이 나타났으니 로이스로서는 쾌재를 부르고 싶은 심정이었다.

한편 파르두스가 자신의 정체를 밝히자 아시엘은 깜짝 놀랐다.

이번 출정에서 그녀는 오후스의 폭주만 조심하면 될 거라 생각했다.

그런데 설마 마족이 나타날 줄이야.

만약 로이스가 없었다면 지금 매우 극한 상황이 벌어지고 말았을 것이다.

특히 유사시를 대비해 미스토스 용병 호위대를 동반한 것은 매우 잘한 일이었다.

'로이스 님이 마음 놓고 싸우시게 도와 드려야 해.'

그렇지 않으면 아시엘을 보호하느라 로이스는 전력을 다해 싸울 수 없을 것이다.

용자인 그녀는 강적이 나타났을 때 함께 싸우지는 못하지만 최소한 몸을 지킬 수는 있었다. 이는 물론 최근 명상을 통해 각성한 능력이었다.

"아린, 디안! 어서 이쪽으로 와! 용병들은 미스토스 결계를 펼쳐 주세요."

"예, 아시엘 님."

100여 명의 미스토스 용병들이 아시엘과 아린, 디안을 원형으로 둘러쌌다.

스스스.

미스토스 용병들은 개별 전투는 물론 집단 전투에도 능숙하다.

그러나 이들의 진가는 두 명 이상이 모였을 때 미스토스 방어 결계를 펼칠 수 있다는 것!

물론 이는 용자가 미스토스의 힘을 사용할 때만 가능한

일이었다. 일순 아시엘의 완드에서 신비한 빛의 파동이 일어나 미스토스 용병들을 휘감았다.

화아악—

그것은 눈부신 광채의 성벽이었다.

그로 인해 아시엘을 중심으로 작은 빛의 요새 같은 것이 생겨난 듯 보였다.

"큿! 미스토스 결계인가?"

파르두스가 그것을 보고는 코웃음 쳤다. 별것 아니란 것처럼 말하지만 그의 표정은 적지 않게 일그러져 있었다.

'하필이면 저걸 펼치다니 골치 아프게 됐구나.'

저처럼 미스토스 결계가 펼쳐지면 설사 마왕이 나타난다 해도 용자를 해치는 것은 불가능하다. 용자의 성에 펼쳐진 방어 결계와 위력이 다를 바 없기 때문이다.

그러나 용자의 성이 아닌 외부에서 펼친 만큼 미스토스 소모가 극심하다는 문제가 있어, 아주 위급한 상황이 아니면 펼치지 않는 것이었다.

"내가 꽤나 두려웠나 보군, 풋내기 용자여! 그런데 그런 식으로 미스토스를 남용하면 얼마 버티지 못할 텐데 안타깝구나."

파르두스가 조롱을 하자 아시엘은 어깨를 으쓱하며 대꾸했다.

"지금 내 걱정을 해 주는 거니, 마족?"

"물론이야. 아주 심하게 걱정이 되는구나. 어렵게 용자가 되었는데 곧바로 스러져 버리면 너무 허무한 일이 아닌가?"

"호호! 걱정해 주니 눈물 나게 고맙구나. 하지만 지금은 네 걱정이나 하는 게 좋을 거야."

"그게 무슨 말이냐?"

"너야말로 이제 곧 스러져 버릴 신세니까."

그 말에 파르두스는 커다란 입을 찢어져라 벌리며 웃었다.

"크카카캇! 설마 저 천박한 인간 놈이 날 어쩔 수 있다 생각하는 건가, 풋내기 용자여!"

"물론이야. 로이스 님은 무적이거든."

"개뿔! 무적은 무슨."

파르두스는 로이스가 비록 마족의 힘이 깃든 무기를 쥐고 있지만 그래 봤자 자신에게는 상대조차 되지 않을 것이라 생각했다.

즉, 그는 애초부터 로이스는 안중에도 두지 않고 있었던 것이다.

하찮은 인간 따위가 아무리 강해 봤자 마족인 자신을 어쩌지는 못할 것이라는 확신 때문이다.

그러나 그는 한 가지 크게 간과하고 있는 부분이 있었다.

로이스가 그토록 별것 아닌 존재라면 어떻게 마족의 힘이 깃든 구슬을 가지고 있겠는가!

즉, 그것은 로이스가 마족을 해치울 만큼 강한 존재임을 보여 주는 것인데도 그에 대해 심각하게 생각하지 않은 것이다.

이는 마족 특유의 오만함에서 비롯된 것으로 파르두스뿐 아니라 대부분 마족의 특성이었다.

그는 설령 로이스가 다른 마족들을 죽여서 구슬을 얻었다고 말해도, 그 마족들은 자신과 비교할 수 없이 약한 녀석들일 것이라 생각할 터였다.

그렇게 깔보는 듯한 시선을 마주한 로이스는 울컥했다. 딱 봐도 저 마족이 자신을 무시하고 있는 것이 느껴졌으니까.

"깐죽거리지 말고 어서 덤벼라. 아니면 내가 먼저 공격한다."

로이스는 자신이 가진 무기 방어 전술의 위력이 얼마나 늘었나 시험해 보기 위해 선공을 펼치지 않았을 뿐이다. 그러나 마족에게 무시당하고 있는 이상 그따위 것에 신경 쓸 때가 아니었다.

"자, 잠깐! 할 말이 있다."

그런데 그때 파르두스가 돌연 한 발 뒤로 물러나며 손을 흔드는 것이 아닌가.

"네놈과는 더 이상 할 말 없어."

로이스는 어림없다는 듯 성큼성큼 다가왔다. 파르두스가 인상을 구겼다.

'크으! 로드께서는 왜 저따위 녀석에게 기회를 주는 것인지 모르겠구나.'

그는 로이스와 아시엘을 번갈아 노려보다가 불쑥 입을 열었다.

"풋내기 용자, 그리고 하찮은 인간 놈! 너희들은 위대하신 마왕 데세오 님의 전언을 받도록 하라."

"전언?"

"그렇다."

그 말이 끝나는 순간 파르두스의 앞에 거대한 오우거 형상의 환영이 나타났다.

파르두스와는 비할 수 없이 살벌한 분위기를 풍기는 괴수! 로이스는 그것의 정체를 한눈에 알아봤다.

"마왕 데세오?"

그러자 환영이 무뚝뚝한 눈빛으로 말했다.

"하찮은 인간들이 감히 나의 권속을 해친 것은 죽어 마땅한 일. 그러나 나 데세오는 다른 마왕과 달리 무한한 자비심을 가지고 있다. 너희들이 나에게 영원한 충성을 바친다면 이전의 일을 용서해 줄 뿐 아니라 샤론 대륙에서 누구도 너희를 해치지 못하도록 보호해 주마."

환영의 음성은 마왕답게 음침했지만 선명하면서도 위엄이 있었다. 또한 알 수 없는 매력이 느껴져 웬만한 인간이라면 자신도 모르게 그 환영 앞에 엎드려 충성을 맹세하고도 남을 정도였다.

물론 그런 건 로이스에게는 통하지 않았다.

"개소리! 나보고 너 따위 마왕 녀석의 부하가 되라는 거냐? 꿈도 꾸지 마라."

"흥! 용자인 난 절대 마왕의 부하가 되지 않아. 헛소리하지 말고 썩 사라져라, 마왕!"

로이스뿐 아니라 아시엘 또한 분노가 가득한 음성으로 외쳤다.

그러자 환영의 얼굴이 크게 일그러졌다.

"나 데세오가 아무리 자비심이 많다 하지만 나를 거역한 이들에게까지 그러한 자비를 베풀지는 않는다. 이후로 너희들은 나의 분노에 대한 대가를 치러야 할 것이다."

환영은 힐끗 시선을 돌려 파르두스를 바라봤다.

"파르두스! 감히 내 뜻을 거역한 저 어리석은 인간들에게 나의 분노가 무엇인지 보여 주도록 하라."

Chapter 3
폭주한 오후스

"명을 받들겠습니다, 로드."

파르두스는 기다렸다는 듯 환영 앞에 부복했다. 순간 환영이 이내 흐릿해지더니 순식간에 자취를 감췄다.

동시에 파르두스가 펄쩍 뛰듯 일어나 로이스를 노려봤다.

"나는 너희들이 혹시라도 데세오 님의 뜻을 받아들일까 봐 염려했다. 감히 너희 같은 하찮은 인간들이 데세오 님의 권속이 되는 것은 있을 수 없는 일이니 말이야. 그런데 알아서 그분의 뜻을 거역해 주니 얼마나 다행인지 모르겠구나. 물론 이제 너희들에게는 큰 불행과 재앙이 기다리고 있겠지만. 크크크크!"

"불행과 재앙?"

"이제 너희들은 세상에서 가장 끔찍한 죽음을 맞게 될 것이다."

파르두스의 두 눈에서 번뜩이는 안광이 더욱 험악해졌다. 아까보다 훨씬 강력한 기세! 그가 서 있는 것만으로 온 사방이 파괴되어 버릴 것 같은 무시무시한 기운이 풍겨 나왔다.

이에 아시엘과 미스토스 용병들의 안색은 긴장으로 굳어졌지만 로이스는 눈 하나 깜빡하지 않았다. 오히려 못마땅한 듯 미간을 살짝 좁혔다.

"말만 하지 말고 자신 있으면 덤벼 보라니까."

"어리석은 놈! 보채지 않아도 이제 네가 얼마나 무력한 존재인지 느끼게 될 것이다."

파르두스의 양손에 흑색의 오러가 모여들더니 각각 거대한 도끼로 변했다. 동시에 그의 주변으로 그와 비슷한 형상의 괴수들이 대거 나타났다.

"키키키!"

"크키키킷!"

신장은 파르두스의 절반 정도 되는 악어 머리 거인들. 그것들은 파르두스 휘하의 마물들이었다.

"크크크! 가라! 너희들은 저기 결계 속에 웅크리고 있는 용자를 공격해라."

"캬캬캬캿!"

"크키키킥!"

눈 깜짝할 사이에 소환된 수백여 마리의 마물들! 그것들은 우르르 달려가 아시엘과 미스토스 용병들을 둘러싼 광채의 막을 가격했다.

콰콰쾅!

쿠콰콰쾅!

마물들이 사방에서 광채의 막을 공격하자 귀를 찢는 듯한 폭음이 일었다.

그러나 소리만 요란할 뿐 결계 내부에는 그 어떤 요동도 없었다.

그것은 당연한 일.

미스토스의 힘으로 만들어진 이 방어 결계는 저따위 물리적인 힘으로는 절대 뚫리지 않기 때문이다.

파르두스는 그 사실을 알면서도 아시엘에게 겁을 주기 위해 부하 마물들을 소환한 것이었다.

물론 아시엘은 당황하지 않고 침착하게 상황을 주시했다. 혹시라도 로이스가 놀랄까 봐 밝게 미소도 지어 보였다.

"저는 안전하니 걱정 말아요, 로이스 님."

"좋아."

로이스는 아시엘이 알아서 스스로를 지킬 능력이 있는 것에 흡족했다. 그렇지 않았다면 지금쯤 자신이 직접 저 악어 마물들을 해치우며 그녀를 보호해야 했을 테니까.

덕분에 로이스는 마족 파르두스와 싸우는 데만 집중할 수 있었다.

"크카카카! 각오해라, 인간 놈!"

그사이 로이스 앞으로 돌진해 온 파르두스.

씽씽!

두 개의 거대한 도끼가 폭풍이 몰아치듯 가공스럽게 날아들었다. 드디어 마족의 공격이 시작된 것이다.

캉! 카앙!

로이스는 할버드를 들어 가볍게 두 자루의 도끼를 쳐 냈다. 동시에 그의 할버드가 빙글 회전하며 파르두스의 가슴을 찍었다.

퍽!

가슴의 일부가 살짝 갈라지며 피가 튀었다. 그러나 언제 갈라졌냐는 듯 순식간에 파르두스의 가슴은 본래대로 복원되었다.

이는 그야말로 눈 깜짝할 사이에 벌어진 일.

로이스가 파르두스의 공격을 막아 냄과 동시에 반격이 자동적으로 이루어졌다. 그것은 파르두스가 두 눈으로 보면서도 막을 수 없는 기이한 공격이었다.

물론 별다른 타격을 입지는 않았지만 파르두스로서는 자신이 알면서도 막을 수 없는 괴상한 공격을 로이스가 펼쳤다는 것이 뭔가 꺼림칙하지 않을 수 없었다.

“크큭! 무슨 잔재주를 피우는지 모르지만 더 이상 그따위 공격은 내게 통하지 않는다.”

“과연 그럴까?”

로이스가 방금 펼친 반격은 무기 방어 전술에서 자동 발동되는 것으로, 방어에 성공하면 그 즉시 반격이 이루어진다.

‘후후, 이거 꽤 쓸 만하네.’

애써 신경 쓰지 않아도 알아서 반격을 해 주니 이처럼 편한 게 어디 있을까?

“카카카! 그만 죽어라!”

그사이 다시 파르두스의 공격이 펼쳐졌다.

거대한 파르두스의 몸체가 공중에서 회전하는 순간 그가 쥐고 있던 두 자루의 도끼가 붉은빛의 뇌전처럼 지면으로 쇄도했다.

쒸쒸쒸! 파지지지직—

쿠콰콰콰쾅!

마치 하늘에서 뇌전의 비가 쏟아져 내리는 듯 살벌한 광경.

로이스가 있던 곳은 완전 초토화되어 버렸다.

짙은 연기만 피어오르고 있을 뿐 로이스의 모습은 보이지 않았다.

이런 상황이면 누구라도 로이스가 죽었다 생각할 것이다.

그러나 로이스는 이미 그곳에서 멀리 피한 상태였다.

단순히 무기 방어 전술을 믿고 버티기엔 상대의 공격이 너무 강력했기 때문이다.

이럴 땐 막아 내는 것이 아니라 피한다!

누가 가르쳐 주지 않아도 그 스스로 터득한 본능적인 전투 감각이었다.

'젠장! 대단한 녀석이네.'

로이스는 내심 감탄했다. 방금 전 파르두스가 날렸던 것과 같은 강력한 공격은 로이스로서는 아직 흉내 내기 힘든 것이었으니까.

'저런 것도 마법의 일종인 것일까?'

아마도 그럴 것이다. 마법이 아니라면 고작 두 자루의 도끼로 저토록 넓은 영역을 초토화시켜 버리기란 불가능할 테니 말이다.

그러나 그렇다 해도 로이스는 자신이 진다는 생각은 하지 않았다.

단순히 강한 공격력을 가지고 있다 해서 전투에 승리하는 것은 아니니까.

체란산에 있을 때 자신보다 더 강한 괴력을 지닌 녀석들을 상대로 어렵지 않게 승리를 거두었던 로이스였다.

지금도 마찬가지.

로이스는 마치 고양이처럼 교묘하게 파르두스의 후면으로 접근한 후 할버드로 그의 머리를 노렸다.

"여기까지다, 마족!"

"크큭! 어딜?"

그러나 파드루스는 마치 그럴 줄 알았다는 듯 머리를 슬쩍 흔들어 할버드를 피해 냈다.

"쥐새끼 같은 놈! 네놈이야말로 이제 그만 사라져라!"

쒸잉!

흑색의 돌풍이 공간을 수평으로 찢어 버렸다.

"앗, 로이스 님!"

"안 돼! 로이스 님이!"

미스토스 결계 안에서 그 장면을 보고 있던 아시엘과 아린 등의 음성에는 안타까움이 가득했다.

방금 전 파르두스의 공격에 로이스의 몸도 상하로 분리된 것처럼 보였으니까.

그러나 로이스는 도끼가 날아드는 순간 뒤로 몸을 회전시키며 아슬아슬하게 그 공격을 피해 냈다. 그 동작이 워낙 빠르고 교묘했기에 다른 이들의 눈에는 로이스가 반 토막 난 것처럼 보였던 것이다.

그런데 그것이 다가 아니었다.

애초부터 로이스가 노린 것은 파르두스의 머리가 아니라 심장!

즉, 첫 번째 공격은 그저 속임수 동작이었을 뿐이다.

파르두스의 도끼 공격을 피하며 던진 할버드의 공격이 진짜였다. 그것은 파르두스의 가슴을 뚫고 들어가 심장을 박살 내 버렸다.

"이, 이것이 언제……."

검붉은 피가 콸콸 쏟아져 나오는 사이로 흑색의 연기 같은 것도 새어 나왔다.

그것은 다름 아닌 마기.

로이스에 의해 마기의 근원이 파괴되자 마기가 사방으로 흩어지고 있는 것이다.

부르르르.

파르두스의 몸이 세차게 흔들리더니 그대로 먼지가 되어

흩어져 버렸다.

이렇게 또 하나의 마족을 해치운 것인가?

그러나 로이스는 여전히 긴장을 풀지 않았다.

'아직 마기의 기운이 느껴진다. 이놈이 죽지 않은 건가?'

마족과 몇 번 싸워 본 터라 마기에 대해서는 이제 익숙했다. 본래라면 마기의 근원인 심장이 부서지는 순간 이 이질적이면서도 음습한 마기의 기운이 주변에서 사라져야 정상인 것이다.

그러나 파르두스의 몸이 흩어진 순간에도 여전히 마기의 흐름은 지속되고 있었다.

이는 아직 파르두스가 죽지 않고 살아 있다는 증거였다.

휘스스. 츠츠츠츠!

아니나 다를까, 사방으로 흩어졌던 파르두스의 가루들이 순식간에 한데로 모여들더니 본래의 형체를 이루었다.

그리고 파르두스는 마치 아무 일도 없었다는 듯 차분한 표정으로 로이스를 노려봤다.

"제법이구나, 인간. 왜 로드께서 네놈을 권속으로 들이시려 했는지 이제 이해가 되는군."

로이스는 인상을 구겼다. 대체 왜 심장이 부서졌는데도 죽지 않고 살아난 것일까? 지금껏 상대했던 마족들과는 뭔가 다른 능력이 있는 것이 분명했다.

"무슨 수로 살아났는지 모르지만 이번엔 진짜로 죽여 주마."

"크! 운 좋게 나의 분신을 부쉈다고 꽤나 기고만장하구나."

"뭐? 분신?"

방금 전 죽였던 것이 파르두스의 분신이었다는 말인가?

그런데 바로 그때였다.

푸확!

갑자기 뒤에서 날아든 섬뜩한 기운에 로이스가 흠칫 놀라 피했지만 어느새 그의 옆구리는 쩍 갈라진 상태였다.

"윽! 넌 또 뭐냐?"

놀랍게도 그곳에는 파르두스와 동일한 형상의 악어 마족이 도끼를 쥔 채 키득거리고 있었다.

그렇다면 지금 정면에서 말을 하고 있는 녀석은 분신이고 뒤에서 기습한 녀석이야말로 파르두스의 본신인 것인가?

그것도 아닌 듯했다.

로이스가 뒤로 돌아 본신을 공격하려는 순간 뒤쪽에 있던 환영이 로이스를 향해 공격을 펼쳤던 것이다.

번쩍! 파지지직—

사슬 모양의 시커먼 광채!

그것이 날아와 로이스의 몸을 휘감았다. 반사적으로 최대한 몸을 웅크려 피해 냈지만 로이스의 등과 허리에는 시커먼 상처가 생겨났다.

찌지직. 치이이.

피부가 녹고 살이 익는 가공스러운 열기.

'으! 또 마법이야?'

다행히 이미 하이칸을 비롯한 이전의 마족들과 싸우며 겪어 봤던 고통이기에 새삼스러울 것은 없었다.

'그래도 지난번보다는 견딜 만하네.'

아마도 낚시를 하며 올려놓은 마법에 대한 저항력 덕분일 것이다.

비록 몇 단계 못 올렸지만 그래도 확실히 체감할 만큼 고통이 줄었다.

'그나저나 대체 어떤 놈이 진짜인 거지?'

아무리 봐도 양쪽 다 환영이 아닌 진짜였다.

비로소 로이스는 자신이 분신을 환영이라고 착각했음을 깨달았다.

그렇다. 마족 파르두스는 자신과 동일한 능력을 가진 분신을 소환할 수 있는 기괴한 능력의 마족이었다.

물론 분신의 지속 시간은 그리 길지 않지만 그것만으로

도 상대에게는 재앙과 같은 능력임이 분명했다.

"쿠쿠쿠! 받아랏, 애송이 놈!"

"크카카카! 이제 끝날 때가 되었다, 인간 놈!"

양쪽에서 날아드는 도끼들의 공세! 로이스는 두 명의 마족과 2대 1로 전투를 벌이는 것이나 마찬가지였다.

한 명이라면 어렵지 않게 상대할 수 있지만 2명은 아직 무리였다. 한쪽의 공격을 받아치면 다른 쪽의 공격에 처참하게 당하고 말았으니까.

좌악! 좌악!

"윽! 윽!"

어느덧 로이스의 전신은 피로 붉게 물들었다. 그의 몸은 도무지 성한 곳이 없는 듯 만신창이 상태였다.

그러다 보니 결계 안에서 그 장면을 바라보고 있는 아시엘 등의 표정은 안타까움으로 가득했다.

"아앗, 로이스 님!"

"힘내세요, 로이스 님! 신령한 미스토스의 힘으로 지친 용사에게 회복을!"

아시엘은 미스토스의 대량 소모를 무릅쓰고 치료 마법을 펼쳐 주었으나, 그것도 잠시일 뿐 로이스의 몸은 두 명의 파르두스에게 포위되어 다시금 처참한 지경으로 변하고 말았다.

"크크크크! 이제야 네놈의 한계를 알았느냐?"

"카카캇! 더 이상 버텨도 소용없으니 그만 포기해라."

파르두스들은 승리를 확신하는 듯 입이 찢어져라 웃어 댔다.

반면 로이스의 표정에는 알 수 없는 여유가 넘쳤다. 그러던 일순 그의 시선이 숲의 한쪽에 고정되었다.

'드디어 찾았군.'

다름 아닌 파르두스의 본신!

그것을 해치우지 않으면 분신을 아무리 쓰러뜨려 봤자 소용없는 일.

로이스는 그것을 찾아내기 위해 자신의 모든 감각을 동원했다. 그리고 결국 분신들을 조종하고 있는 무언가를 찾아낼 수 있었다.

'저쪽이야.'

휙!

일순 로이스의 신형이 숲의 한곳으로 화살처럼 쏘아져 나갔다. 순간 숲에 드리워진 음영이 움찔 흔들리며 어디론가 달아나려 했지만, 로이스의 동작이 더욱 빨랐다.

"후후, 도망가려고? 어림없다, 마족!"

로이스의 할버드가 그림자의 심장을 훑고 지나갔다.

퍼퍽! 콰지직!

순간 뭔가가 박살 나는 듯한 소리와 함께 그림자가 절규했다.

"크으으윽! 이, 이런 개 같은 일이! 내가 저따위 하찮은 인간 놈에게 당하다니!"

그림자가 사라지며 나타난 것은 악어 거인 형상의 마족 파르두스. 즉, 로이스가 예상한 대로 파르두스의 본신이었다.

파스슷. 파스스슷.

그때 분신들이 마치 기다렸다는 듯 연기로 변해 사라졌다. 본신이 타격을 받자 분신들을 지탱해 주던 마기가 흩어져 버린 것이다.

파르두스는 치를 떨었다.

"크으으으! 인간 놈! 요행으로 날 이겼다고 좋아할 것 없다. 나는 이대로 가지만 머지않아 로드께서 친히 강림하셔서 네놈을……."

"알았으니 그만 닥치고 죽어!"

콰아앙!

로이스의 할버드가 번쩍 빛을 뿌리는 순간 파르두스의 몸이 형체도 없이 사라져 버렸다.

[미스토스의 은총이 당신의 노력에 대한 보상을

줍니다.]

[당신의 레벨이 올랐습니다.]

[당신의 레벨이 올랐습니다.]

[전투력이 상승했습니다.]

[최대 맷집과 최대 미흐가 증가합니다.]

이름 [로이스]

레벨 [40]

칭호 [마물 학살자]

신분 [미스토스 기사]

맷집 4720/4720

미흐 3800/3800

마족을 해치운 덕분에 레벨이 40으로 상승했다.

또한 레벨이 오르며 파르두스의 분신들로부터 입었던 크고 작은 상처들이 모두 회복되어 말끔한 상태가 되었다.

옷은 좀 너덜거리고 있긴 했지만 그야 어쩔 수 없는 일.

[임무] 미스토스 상급 기사의 자격

—마족을 처치한다. 4/10

또한 이로써 4명의 마족을 처치했다. 앞으로 6명의 마족만 더 해치우면 미스토스 상급 기사가 될 수 있으리라.

그뿐이 아니다.

[봉인된 마력의 구슬을 얻었습니다.]

'또 구슬이네.'

과연 이 구슬엔 어떤 능력이 봉인되어 있을까?

릴리아나에게 가져다주면 머지않아 알 수 있을 것이다.

그사이 연이어 나타난 글자들.

[미스토스의 은총이 당신의 노력에 대한 보상을 줍니다.]

[당신의 할버드 전술이 18단계가 되었습니다.]

'후후, 드디어 할버드 전술이!'

로이스의 두 눈이 반짝였다. 여러모로 번거로웠지만 할버드 전술의 단계를 높여 보려고 노력한 보람이 있었던 것이다.

이를 위해 로이스는 이번 전투에서 끝까지 할버드를 놓지 않았다.

사실 아시엘 등은 상상도 못할 것이다. 로이스가 할버드를 내려놓고 맨손으로 싸웠으면 별다른 상처도 입지 않고 파르두스를 가볍게 해치워 버렸을 것임을.

그러나 로이스는 웬만해서는 그런 없어 보이는 짓은 하지 않겠다는 주의였다.

'난 인간이잖아. 짐승들처럼 맨손으로 싸울 수는 없지. 그랬다간 다들 나보고 무식하다고 할 거야.'

로이스는 지금쯤 아시엘이 자신을 매우 멋지게 보고 있을 것이라 확신했다.

"로이스 님!"

과연 그사이 미스토스 결계를 해제한 아시엘이 로이스를 향해 호감이 가득한 표정을 짓고 있었다.

"제가 또 신세를 졌네요."

"응."

"정말 고마워요."

"고맙긴."

"아 그리고 정말 멋졌어요."

"후후."

역시나 멋지다는 말이 나올 줄 알았다. 그때 이꼬트 아린과 디안, 그밖에 미스토스 용병들도 일제히 로이스에게 각종 찬사를 보냈다.

"완전 멋있어요, 로이스 님!"

"와아! 당신이 최고입니다!"

"전설의 기사 로이스!"

"무적의 기사 로이스!"

순간 로이스의 입가에 무척이나 흡족해하는 미소가 걸렸다. 그것을 본 아시엘은 풋! 하고 웃고 말았다.

'이럴 땐 정말 단순해 보여.'

물론 전투가 벌어질 때의 그는 절대 단순하지 않았다.

아니 매번 전투 시마다 로이스는 더욱 노련해지는 듯했다. 마족 파르두스의 분신들을 순식간에 따돌리고 본신을 찾아내 해치우는 백전노장과 같은 모습을 오늘 보여 주었으니까.

그러던 아시엘이 문득 활짝 웃으며 좋아했다.

'아, 그러고 보니 미스토스를 꽤 얻었어.'

용병인 로이스가 마족을 해치웠으니 그와 계약한 아시엘에게도 미스토스가 적지 않게 쌓이게 된다.

이것이 바로 유능한 용병을 고용한 용자에게 주어지는 특권.

"그럼 다시 오후스 나무가 있는 곳으로 가 볼까요?"

"좋아. 어서 출발해."

그런데 바로 그때였다.

로이스의 표정이 돌연 굳어지더니 다급히 외쳤다.

"잠깐! 모두 멈춰."

"네? 무슨 일이죠?"

"마족이야. 아까보다 더 강한 마족."

"그럴 수가!"

아시엘은 깜짝 놀랐다. 한 번도 아니고 두 번이나 연거푸 마족이 나타나다니. 이 또한 그녀가 예상치 못했던 일이었다.

그러고 보면 오후스를 부활시키러 가는 길이 참으로 험난했다.

"마족은 내가 상대할 테니 아까처럼 결계를 펼치고 있어."

"알았어요."

아시엘이 안전해야 로이스가 마음 놓고 싸울 수 있다. 미스토스가 꽤 소모되긴 하지만 어쩔 수 없는 일.

다행히 오늘은 당분간 그런 걸 걱정하지 않아도 될 만큼 충분한 미스토스를 얻었으니 마음이 가벼운 것은 있었다.

츠츠츠.

곧바로 아시엘의 지시에 따라 미스토스 용병들이 방어 결계를 펼쳤다.

그렇게 아시엘 등이 안전해진 것을 확인한 로이스는 할

버드를 꽉 쥔 채 숲의 한쪽을 향해 걸어갔다.

그러다 인근의 나무들보다 거의 두 배나 더 높은 거대한 나무 앞에 섰다.

'틀림없어. 이 녀석이 마족이야.'

가까이 다가가니 나무에서 심상치 않은 기운이 뿜어져 나오는 것을 더욱 확연히 느낄 수 있었다.

"엉큼하게 숨어 있지 말고 그만 정체를 드러내라, 마족!"

퍽!

로이스가 할버드로 나무 기둥을 내려찍자 나무가 움찔 흔들리더니 거대한 가지를 휘둘렀다.

촤아아악!

바람처럼 쾌속하게 날아드는 가지들의 공격!

휘리릭! 촤라락! 촤라라라!

마치 수십 개의 팔이 움직이는 것 같았다. 게다가 그 각각의 공격마다 엄청난 기운이 깃들어 있었다.

쾅! 콰지지직! 쿠콰쾅!

가지가 지면을 강타하는 순간 지진이 일어난 듯 사방이 흔들렸다. 그런 공격이 무더기로 이어졌으니!

'윽! 엄청나구나.'

놀랍게도 나무 마족의 전투력은 상상을 초월했다.

이에 비하면 그간 만났던 마족들은 허접한 그림자에 불

과할 뿐이라 느껴질 정도였으니까.

바로 그때 그 상황을 초조히 지켜보던 이꼬트 아린과 디안이 깜짝 놀라 외쳤다.

"앗! 오후스 님이 왜 이곳에?"

"저분은 수호수 오후스 님이 분명해요!"

그 말에 아시엘도 깜짝 놀랐다.

"그게 정말이니?"

"네, 틀림없어요. 오후스 님이 어떻게 변하시더라도 저희는 알아볼 수 있거든요."

이꼬트 마을의 중심에 있어야 할 오후스가 이곳에 나타난 것도 이상하지만, 저렇게 사악한 기운을 풍기며 마족들과 함께 로이스를 공격할 줄이야.

'무슨 일인지 몰라도 이미 마기가 폭주했어.'

그렇다면 머뭇거릴 때가 아니었다. 아시엘은 즉각 완드를 앞으로 겨누며 외쳤다.

"신비한 미스토스의 힘이여!"

본래라면 이꼬트 마을에서 펼쳤어야 할 저주 해제 대법. 미스토스의 힘이 깃든 찬란한 광채가 완드로부터 뻗어 나가 오후스를 휘감았다.

화아아악—

순간 오후스의 몸이 벼락이라도 맞은 듯 세차게 떨렸다.

그러고는 경직된 상태로 움직이지 않았다. 뭔가 심적으로 혼란에 빠져 있는 것처럼 말이다.

이때다 싶어 아시엘이 크게 외쳤다.

"나는 용자 아시엘. 당신을 돕기 위해 왔으니 경계하지 말아요."

"요…… 용자? 그, 그대가?"

오후스가 믿을 수 없다는 듯 되물었다. 아시엘은 고개를 끄덕였다.

"이제 미스토스의 힘으로 당신을 괴롭게 하는 마기를 제거할게요. 그럼 당신은 물론이고 이꼬트들의 저주도 모두 풀릴 수 있어요."

그 말에 오후스의 거대한 몸체가 다시 한 번 떨렸다. 동시에 그의 몸을 휘돌고 있는 검붉은 기운이 조금은 옅어진 것 같기도 했다.

그러나 그것은 아주 잠시였을 뿐, 오후스의 거대한 몸체 주위로 다시 검붉은 마기의 폭풍이 휘몰아쳤다.

"으으으! 너무 늦었다, 용자여! 나는 이미 돌이킬 수 없는 지경에 이르렀으니 그만 물러가라. 그렇지 않으면 나는 그대를 죽일 수밖에 없다."

"절대 늦지 않았어요. 미스토스의 힘을 거부하지 말아요."

"오후스 님! 저 아린이에요!"

"제발 본래의 모습으로 돌아와 주세요!"

아시엘과 어린 이꼬트들이 애타게 외쳤지만 오후스의 주위를 휘돌고 있는 마기의 폭풍은 더욱 강렬해졌다.

"시끄럽구나. 떠나라는 나의 경고를 듣지 않았으니 이제 나를 원망하지 마라."

오후스의 나무 기둥 상단부에 섬뜩한 핏빛의 눈동자 두 개가 나타났다. 그 아래로 지옥의 화염처럼 나타난 붉은색의 입까지!

이는 지금의 오후스가 이꼬트들의 수호수가 아닌 사악한 마물로 변해 버렸음을 의미했다.

"쿠쿠쿠쿠! 이 자리에 있는 모든 이들은 죽는다. 모두 죽어 어둠의 자양분이 되어라."

그 말이 끝나는 순간 수백 개가 넘는 오후스의 가지들이 사방으로 넝쿨처럼 뻗어 나갔다.

콰아악! 콰아아악!

이는 마치 어둠의 구름이 몰려와 사방을 뒤덮는 것처럼 보였다. 어느새 사방은 시커먼 암흑에 휩싸여 있었다.

아시엘이 펼친 미스토스 결계는 여전히 환한 빛무리로 둘러싸여 있지만 그 외의 지역은 완전한 암흑.

그 암흑 속에서 오후스의 섬뜩한 음성이 우레처럼 퍼져

나왔다.

"쿠쿠쿠쿠! 모두 죽인다! 세상 모든 것을 위대한 어둠의 아래 굴종시키겠다!"

그러자 아시엘은 탄식했다. 역시나 미스토스의 힘만으로 오후스를 본래의 상태로 되돌리기란 불가능했던 것이다.

"역시 예상했던 대로군요. 로이스 님! 폭주한 오후스 님을 막아 주세요."

"염려 마."

사실 그사이에도 로이스를 향한 오후스의 공격은 멈추지 않았다. 수십 개의 가지가 숨 쉴 틈도 주지 않고 날아들어 로이스는 피하느라 정신이 없었다.

그러나 로이스의 표정에는 다시 여유가 넘쳤다.

'위력은 강하지만 공격은 단순해.'

가지들의 숫자가 많아 사방이 꽉 막힌 것처럼 보여도 똑같은 방식으로 날아드는 터라 이제는 눈을 감고도 피해 낼 수 있었다.

"멍청이! 정신 차려! 수호수라는 녀석이 고작 마기 따위에 장악돼 이런 한심한 모습을 보이는 거냐?"

로이스는 가지들의 공격을 피하며 오후스의 몸체를 할버드로 마구 가격했다.

Chapter 4
새로운 기술을 배우다

쾅! 콰앙!

그러자 오후스가 고통스러운 듯 몸체를 흔들었다. 나무 기둥 상단의 두 홍채에서 분노의 화염이 이글거렸다.

"감히! 이 가소로운 인간 놈 같으니!"

오후스가 더욱 과격하게 로이스를 향해 공격을 퍼부었다. 그의 모든 가지가 로이스를 향해 일제히 날아들었다.

콰아아! 추아아악!

하늘을 뒤덮었던 수백 개의 가지가 일제히 한곳으로 집결하는 장면은 실로 섬뜩하기 이를 데 없었다. 과연 저와 같은 공격을 로이스가 피할 수 있을까?

"앗, 로이스 님!"

"로이스 님! 조심하세요!"

결계 안에서 그 상황을 지켜보던 아시엘 등이 놀라 외쳤다.

그런데 로이스는 이미 오후스로부터 멀리 이동해 가지들의 공격에서 벗어난 터였다.

"염려 마. 저따위 녀석에게 당하진 않으니까."

그러고는 오후스가 마치 날개처럼 가지들을 활짝 펼치는 순간을 노려 번개처럼 접근해 나무 기둥을 강타했다.

콰콰콰쾅! 콰콰콰쾅!

어찌나 빠르게 후려치는지 할버드가 보이지 않을 정도였다.

"크, 크아아아!"

오후스가 고통스러운 듯 비명을 질렀다. 얼마나 크게 분노했는지 거대한 몸체가 온통 붉은빛으로 변했다.

"용서할 수 없다, 어리석은 인간이여!"

곧바로 다시 가지들이 로이스를 향해 날아들었다.

그러나 로이스는 슬쩍 뒤로 빠졌다가 다시 빈틈을 노려 오후스의 몸체를 가격했다.

"좀 더 맞아야 정신을 차리려나 보군."

로이스의 할버드가 빛을 뿜을 때마다 우레와 같은 폭음

이 울리며 오후스 나무의 동체가 흔들렸다.

이후로 오후스가 기를 쓰고 로이스를 공격했지만 소용없었다. 그야말로 동에 번쩍, 서에 번쩍, 말 그대로 로이스가 오후스를 가지고 노는 식이었다.

하지만 오후스는 쉽사리 굴복하지 않았다.

"인간! 네가 제법 날뛴다만 그 정도로는 나를 어찌할 수 없다."

오후스의 붉은 두 눈에서 섬뜩한 광채가 뿜어져 나왔다.

번쩍!

그 붉은빛은 오후스와 로이스를 동시에 휘감았다.

스스스스.

순식간이었다. 로이스는 자신이 본래 있던 장소와 분리된 알 수 없는 공간에 서 있음을 깨달았다.

'뭐지? 또 결계인가?'

로이스는 인상을 찌푸렸다. 이런 종류의 괴상한 공간에 갇힌 건 이번이 처음이 아니다. 얼마 전 마족 하이칸과 싸울 때도 이 비슷한 공간에 갇혀 생사의 결투를 벌였으니 말이다.

"쿠쿠쿠! 이곳은 나 오후스의 공간이다. 너는 이곳에서 절대 나를 이길 수 없다."

촤악! 촤아악! 촤악촤악촤악촤악!

사방에서 정신없이 나뭇가지들이 날아들었다. 가지들의 속도가 이전과 비할 수 없이 빨라졌다.

그러나 로이스는 당황하지 않았다. 여전히 그의 표정은 담담했다.

'저 녀석이 아까보다 빨라지긴 했지만.'

오후스가 강해진 것은 맞다. 그러나 공격 방식이 달라진 것은 아니었다.

즉, 로이스는 오후스가 어떤 식으로 공격해 올지 다 알고 있었기에 피하기가 어렵지 않았다.

또한 한 가지 오후스가 간과한 부분이 있다면, 로이스는 아직 자신의 실력을 다 드러내지 않았다는 것!

만일 로이스가 할버드를 집어던지고 맨주먹으로 전투를 벌인다면 오후스는 그 즉시 끝장이 나고 말리라.

그러나 로이스는 굳이 그렇게 하지 않았다. 할버드를 쥔 상태로도 충분히 이길 수 있기 때문이었다.

'이겨도 무식하게 이길 필요는 없잖아.'

가히 빛살처럼 날아드는 가지들을 모조리 피해 내는 로이스였다. 그러고는 아주 찰나라도 빈틈이 드러날 때마다 사정없이 할버드를 후려쳤다.

퍽—

아무래도 오후스의 공격이 빨라지다 보니 아까처럼 반격

을 많이 할 수는 없었다.
대신 한 번 공격을 할 때 전력을 다했다.
'저 나무가 부서지건 말건 나와 무슨 상관이야? 더 이상 봐주지 않겠다.'
아까는 오후스가 혹시 부서질까 봐 어느 정도 사정을 봐줬던 것이다.
이는 물론 오후스를 죽이지 말고 정신 차리게만 해 달라는 아시엘의 부탁 때문이었다.
그러나 마기에 장악되어 용자도 몰라보고 공격하는 이 저주받은 나무 따위를 굳이 살려 둘 필요가 있을까?
로이스는 차라리 없애 버리는 게 낫다는 생각에 조금도 사정을 두지 않았다.
"그만 사라져라, 이 사악한 나무야!"
퍼억!
할버드의 도끼가 작렬한 나무 기둥이 깊게 파여 나갔다.
쩌저저적!
얼마나 세게 맞았는지 파인 부분 외에도 나무 기둥에 금이 거미줄처럼 퍼져 나갔다.
휘청!
오후스의 거대한 동체가 쓰러질 듯 휘청였다.
"크으으으윽! 가, 감히! 인간 따위가 나를 감히!"

"닥쳐! 이제야말로 끝장을 내 주겠다."

방금 전 일격으로 오후스는 타격을 많이 받았는지 빈틈이 많이 드러났다. 로이스는 기다렸다는 듯 무자비하게 할버드를 휘둘렀다.

퍽! 퍼퍼퍽—

그러자 신기한 일이 벌어졌다. 온통 검붉은 마기로 뒤덮여 있던 오후스의 몸체가 본래의 맑은 색으로 돌아오기 시작했던 것이다.

붉은빛의 결계도 어느새 흔적도 없이 사라져 버렸다.

그리고 오후스가 절규했다.

"아악! 그, 그만…… 부탁이니 이제 그만 해!"

얼마나 얻어맞았는지 거대한 나무 기둥 어디도 성한 데가 없었다. 움푹 파이고 깨지고 부서진 상태. 이대로라면 가지들을 지탱하지 못하고 부러져 버리고 말 것이다.

놀랍게도 이제 어디에도 검붉은 마기의 흔적은 보이지 않았다. 사악하게 빛나던 핏빛 홍채는 물론이고 악귀처럼 웃고 있던 커다란 입도 사라졌다.

"드디어 마기에서 벗어난 거냐?"

로이스는 여전히 할버드를 겨눈 채로 오후스를 싸늘히 노려봤다. 언제 또 마기가 폭주할지 알 수 없는 일이라 긴장을 풀 수 없었다.

다행히 더 이상 그런 우려는 하지 않아도 될 듯했다. 그 사이 오후스의 전신이 맑은 빛으로 물들어 있었으니까.

"네가 누군지 모르지만 아무튼 고맙다고 해야겠지. 덕분에 마기를 몰아내고 정신을 회복할 수 있었다."

거칠고 살벌한 괴수의 음성이 아니라 부드럽고 맑은 소녀의 음성.

사실 이게 본래 오후스의 음성이었다. 마기에 장악되었을 때는 음성조차 괴수처럼 변해 버렸던 것이다.

스스스.

그런데 그때 더욱 놀라운 일이 벌어졌다.

거대한 나무 형상의 오후스가 사라짐과 동시에 푸른 머리카락을 가진 소녀가 모습을 드러냈으니!

에메랄드빛의 두 홍채. 눈처럼 하얀 피부.

녹색의 잎사귀들이 몸의 은밀한 부분만 가리고 있었다.

"……!"

아름답지만 뭔가 인간답지 않았다. 딱 봐도 정령이나 요정이었다.

물론 로이스에게는 그다지 낯설지 않은 분위기였다.

다만 그녀의 노출된 몸 도처를 물들인 시퍼런 멍 자국들이 눈에 띄었다. 얼굴 또한 마찬가지. 한쪽 눈이 무엇에 맞았는지 부어 있었고, 보석같이 빛나는 머리카락은 심하게 헝클어져 있었다.

그녀는 누군가와 치열하게 싸웠고, 그에게 꽤나 많이 얻어맞은 것이 분명했다. 물론 그 누군가는 당연히 로이스였다.

"네가 오후스?"

"그래."

소녀 즉, 오후스는 고개를 끄덕였다. 그리고 곧바로 로이스를 슥 노려봤다.

"그러는 넌?"

"로이스."

"그 이름 기억해 두겠다."

"이제라도 정신을 차려 다행이군."

"그렇지 않았다면 맞아 죽었겠지."

뭔가 원망 조의 음성이기도 했다. 역시나 맞은 게 좀 억울했던 것일까?

하긴 좀 많이 때리긴 했다. 로이스가 쥐고 있는 할버드의 창대가 눈에 띄게 휘어져 있을 정도였으니.

이는 로이스가 오후스와 전투를 벌이면서도 할버드 타격 수련을 했기 때문이었다.

휘어진 할버드는 릴리아나가 금세 고쳐 줄 것이다.

로이스야 덕분에 할버드 전술이 19단계로 상승했지만,

그 무지막지한 공격을 당한 오후스의 입장에서는 얼마나 끔찍한 상황이었겠는가.

로이스는 오후스가 거대한 나무 형상일 때는 별다른 미안함을 느끼지 않았는데, 지금처럼 가녀린 소녀의 모습으로 변해 있으니 왠지 불쌍해 보였다.

"날 너무 원망하지 마. 네가 진작 정신을 차렸으면 그 꼴이 되지 않았을 거야."

순간 오후스가 울컥했는지 다시 원망 서린 눈빛으로 로이스를 노려봤다.

"……."

그러나 그녀는 곧바로 스스로를 진정시켰다. 이꼬트족을 오래도록 수호해 오며 많은 지식과 지혜를 쌓아 온 현자인 만큼 금세 이성을 되찾은 것이다.

"난 널 원망하지 않아. 네가 아니었다면 난 돌이킬 수 없는 짓을 벌일 뻔했으니까."

"그렇다니 다행이군."

"오히려 고맙게 생각해."

"뭐 고마울 것까지야."

아무리 그럴 수밖에 없는 상황이었지만, 실컷 때려 놓고 고맙다는 말을 듣자 왠지 기분이 묘했다. 로이스는 배낭에서 회복약 한 병을 꺼내 건넸다.

"상처가 심한 것 같으니 이걸 마셔 봐."

물의 정령이 제조한 회복약으로 이전에 릴리아나가 만든 거더드 회복수에 비해 효능이 훨씬 좋은 것이다.

오후스가 그것을 받아 들고 살피더니 다시 돌려주었다.

"호의는 고맙지만 내게는 소용없는 약이야."

오후스는 살짝 미소를 지어 고마움을 표시하고는 고개를 돌려 아시엘이 있는 쪽을 바라봤다.

이미 오후스가 본래의 모습으로 돌아온 것을 확인한 이꼬트 아린과 디안이 결계를 빠져나와 이쪽으로 달려오고 있었다.

"오후스 님!"

"살아나셨군요!"

오후스가 환하게 웃었다.

"아린, 디안! 무사했구나."

"로이스 님이 우릴 구해 주셨어요. 그리고 저기 계신 분이 용자 아시엘 님이세요."

"아!"

용자라는 말에 오후스의 얼굴에 격동이 일었다.

물론 그녀는 이미 아시엘이 용자임을 알고 있었다. 아까 마기가 폭주된 상태에서 아시엘이 그녀에게 외쳤던 말을 기억하고 있었기 때문이다.

그렇다 해도 지금 멀쩡해진 정신으로 다시 그것을 확인하자 벅차오르는 감정을 주체할 수가 없었다.

"용자시여! 아까 범했던 저의 무례를 용서해 주시겠습니까?"

오후스는 공손히 한쪽 무릎을 꿇고 아시엘에게 예를 표하며 물었다. 아시엘이 다가와 두 손으로 오후스를 일으켰다.

"그 일은 신경 쓰지 말아요. 난 당신이 어떤 지경에 처했었는지 잘 알아요. 그보다 지금은 상처부터 치료하는 게 좋겠어요."

"아니에요. 전 괜찮……."

그러나 그때는 이미 아시엘의 자줏빛 망토에서 투명한 광채가 쏟아져 나와 오후스를 휘감은 후였다.

화아아악!

찬란한 빛무리가 일었다가 사라지자 오후스의 몸에 보였던 상처들은 물론 멍 자국까지 흔적을 감췄다.

"……!"

오후스의 얼굴이 다시 감동으로 물들었다.

지금 받은 치료는 단순한 것이 아니었다. 용자가 미스토스를 소모해 그녀의 모든 것을 완벽하게 회복시켜 준 것이었다.

외부의 상처뿐 아니라 내부에 있던 저주까지 완벽하게 사라진 것이다.

'이것이 말로만 듣던 용자의 축복?'

오후스 역시 미스토스의 힘으로 이꼬트들을 지켜 왔지만 용자에게서 느껴지는 그 힘은 차원부터 달랐다.

사실 다른 이들의 눈에는 보이지 않았지만, 여전히 오후스의 내부에는 마기가 일부 남아 그녀를 괴롭히고 있었다. 로이스 덕분에 이성을 되찾은 그녀는 마기를 한쪽으로 몰아넣고 어렵게 통제 중이었던 것이다.

그러나 용자 아시엘이 펼친 미스토스의 축복으로 인해 더 이상 그럴 필요가 없어졌다. 오후스는 눈물을 닦으며 말했다.

"어찌 저를 위해 귀한 미스토스를 사용하셨나요?"

"그대와 이꼬트들을 위해서라면 조금도 아깝지 않아요."

아시엘은 미소 지으며 자신이 이 숲으로 출정을 나온 이유가 이꼬트들을 저주에서 풀어 주기 위함임을 말해 주었다.

"그리고 앞으로도 난 그대들과 영원히 함께하고 싶어요."

그러자 오후스는 한없이 기뻐하는 표정을 지었다.

"저와 이꼬트들은 오래도록 당신을 기다렸어요. 이제야

그 염원이 이루어지겠군요. 잠시 후 저주에서 깨어날 이꼬트들이 당신을 보면 무척이나 기뻐할 것이에요."

"어서 이꼬트들의 저주를 풀어 주러 가요."

"그건 제게 맡겨 주세요."

아시엘로 인해 오후스는 모든 힘을 되찾았기에 이꼬트들의 저주를 푸는 것은 쉬운 일이었다.

*　　*　　*

잠시 후 이꼬트들이 석화되어 있는 곳에 도착한 오후스는 다시 거대한 나무의 형상으로 변했다. 동시에 사방으로 뻗어난 가지들이 도처에 널브러져 있는 이꼬트들을 안아 들었다.

화악! 화아악!

곧바로 각각의 가지에서 찬란한 빛이 일었고 그 빛에 휩싸인 이꼬트들의 석화가 풀리기 시작했다.

"으음?"

가장 먼저 깨어난 족장 위그느크가 큰 귀를 쫑긋하며 사방을 살폈다. 그러다 자신이 오후스의 품에 안겨 있는 것을 깨닫고는 믿기지 않는다는 얼굴을 했다.

저주로 인해 석화되어 버린 오후스가 멀쩡하게 살아 있

다니.

그러나 그보다 더욱 놀라운 것은 오후스에게서 느껴지는 충만한 생명력이었다.

품에 안겨 있기만 해도 힘이 넘치게 만드는 신비한 생명력! 그것이 바로 오후스가 가진 미스토스에서 비롯되는 것이다.

"오후스 님! 이게 어찌 된 일입니까?"

"용자 아시엘 님이 우릴 찾아오셨어요."

"오오! 그럴 수가!"

비로소 상황이 어떻게 된 것인지 이해한 위그느크는 격동 어린 표정으로 아시엘을 쳐다봤다. 그러고는 이내 풀쩍 뛰어내려 아시엘의 앞에 공손히 예를 취했다.

"저는 이꼬트족장 위그느크입니다. 정말 오래도록 당신을 기다렸습니다. 이토록 찾아와 주시니 얼마나 기쁜지 모르겠군요."

아시엘은 이미 아린과 디안으로부터 이꼬트들이 고대 용자의 유물을 지키며 장차 찾아올 새로운 용자를 기다리고 있었다는 얘기를 들은 터였다. 그래서인지 위그느크를 보자마자 가슴이 뭉클하지 않을 수 없었다.

그사이 다른 이꼬트들도 하나둘 깨어났고 오후스의 건재함과 용자 아시엘을 보며 꿈을 꾸는 듯한 얼굴을 했다.

"모두들 그간 얼마나 고생이 많았나요? 날 위해 고대 용자의 유물을 지켜 줬으니 이제부터는 내가 당신들을 지켜 주겠어요."

"저희는 모두 당신을 따르겠습니다."

이꼬트족의 모든 향방은 족장인 위그느크와 수호수인 오후스가 합의해서 결정한다. 그들의 뜻은 아시엘과 함께하기로 이미 오래전 일치된 터였다.

따라서 앞으로 이꼬트들의 거처는 이 메르카 숲이 아니라 아스피스 성이었다.

곧바로 거대한 나무 형상의 오후스가 이꼬트들을 모두 가지에 태웠다. 상체는 수백여 개의 가지들이 팔처럼, 하체는 두 개의 뿌리가 건장한 다리처럼 변한 상태.

"저희는 모두 준비되었습니다, 아시엘 님."

"좋아요. 그럼 성으로 귀환하도록 해요."

아시엘과 로이스, 그리고 미스토스 용병들이 앞장을 서고 수백 명의 이꼬트들을 태운 오후스가 뒤를 따라왔다.

쿠웅! 쿠웅!

오후스가 걸을 때마다 지축이 울렸지만, 그 큰 덩치가 숲을 이동하는데도 숲의 어느 것 하나 훼손되지 않았다.

한편 그렇게 모두들 성으로 귀환하려는 것과 달리 로이스는 여전히 그 자리에 그대로 서 있었다.

이에 아시엘이 놀라 외쳤다.

"로이스 님, 무슨 일이 있나요?"

"먼저들 돌아가 있어. 난 곧 뒤따라갈게."

"설마 또 마족인가요?"

"그건 아니야. 그냥 잠시 수련을 한 후에 돌아가려고."

그 말과 함께 로이스는 힐끗 숲의 한쪽을 노려봤다.

그곳에는 웬 그림자 하나가 서 있었다.

할버드를 쥐고 있는 그림자!

로이스에게는 매우 낯익은 존재였다.

이전에 울프 슬래시, 라는 기술을 알려 주었고, 얼마 전에는 무기 막기, 라는 기술을 알려 준 신비한 존재이기 때문이다.

'저자가 또 나타났군. 무엇 때문일까?'

로이스의 눈에는 확연히 보였지만 다른 이들의 눈에는 보이지 않는 모양이었다.

아까부터 계속 그 자리에 서 있었지만 아무도 그것을 이상하게 여기지 않았으니 말이다.

따라서 이제 오후스의 문제도 해결한 이상 로이스는 잠시 이곳에 남아 그림자와 전투를 벌여 볼 생각이었다.

어쩌면 지난번처럼 뭔가 대단한 기술을 알려 줄지도 모르는 것이다.

그림자 스승!

언제부턴가 로이스는 그 그림자를 그렇게 생각했다.

지금도 마찬가지다.

그렇게 로이스가 그림자 스승에게 무언가를 배우기 위해 남아 있다는 사실을 아시엘은 알지 못했지만, 로이스가 수련을 한다고 하자 즉각 미소를 지었다.

"승리를 하고 돌아가는 중에도 수련이라니! 역시 로이스님이시군요. 그럼 저희는 먼저 가 있을 테니 수련을 마치고 오세요."

아시엘뿐만 아니라 나무 상태의 오후스도 힐끗 로이스를 놀란 듯 한 번 쳐다봤다. 이꼬트들과 미스토스 용병들도 모두 감탄의 표정이었다.

쿵! 쿵! 쿵!

잠시 멈춰 섰던 오후스가 다시 이동했다. 그렇게 아시엘 일행이 모두 아스피스 성 쪽으로 사라지자 그때까지 묵묵히 서 있던 그림자가 로이스를 향해 다가왔다.

스윽.

할버드를 겨누는 자세.

그러나 그 대상은 로이스가 아니었다.

쒸이익!

전방의 빈 공간을 향해 할버드를 기괴한 동작으로 휘두

르는 것이었다.

휙! 휘릭!

처음에는 길게 찌르는가 싶더니 신체를 회전하며 할버드를 전방으로 세차게 휘두르기도 했다.

자세히 보니 같은 동작의 반복.

마치 로이스에게 따라 하라는 식으로 말이다.

순간 로이스는 뭔가 짚이는 것이 있었다.

'혹시?'

지난번에는 그림자 스승이 나타나 로이스와 격투를 벌였지만, 그 이전에 처음 나타났을 때는 지금처럼 동작을 따라 하라고 한 적이 있다.

그렇게 해서 배웠던 것이 바로 울프 슬래시!

* 울프 슬래시(12단계)

—할버드의 공격 기술

—시전 거리 : 31로빗(31미터)

—응축된 미호의 기운이 할버드를 통해 쏘아져 나가 원거리의 적에게 강한 피해를 줌.

—소모 미호 : 80

—시전 방법 : 할버드를 적에게 겨눈 채 '울프 슬래시'라고 외친다

그사이 울프 슬래시는 꾸준히 단계가 상승해 현재는 12단계다.

처음 20로빗이었던 시전 거리는 31로빗으로 늘어났고, 위력도 훨씬 강해졌다.

특히 이 기술은 무기가 좋을수록 위력도 강력해진다.

할버드에 파괴의 마력석을 부착한 후 기술을 펼치자 웬만큼 큰 바위나 건물도 박살 내 버릴 만한 가공스러운 위력을 발휘했던 것이다.

다만 오직 하나의 대상만을 향해 날아가다 보니 막상 전투에서는 별로 쓰지 않게 되었다.

위력이 강하긴 해도 마족과 같은 강력한 적에게는 그다지 큰 피해를 주지 못하기 때문이다.

물론 마물들이나 몬스터들을 대상으로는 재앙과 같은 무서운 위력을 발휘할 수 있지만, 일대다수의 전투에서는 직접 할버드를 빠르게 휘두르며 한 번에 쓸어버리는 것이 더 효율적이었다.

따라서 가끔 그냥 한 번씩 기분 전환용으로 사용을 할 뿐 그다지 손이 가지 않는 기술이 되어 버렸던 것이다.

그런데 지금 잘하면 새로운 기술을 얻게 될지 모른다.

과연 어떤 기술일 것인가?

기왕이면 다수의 적을 한 방에 쓸어버리는 기술이라면 좋을 텐데.

로이스는 설레는 가슴을 진정시키며 그림자 스승의 동작을 그대로 따라 했다.

동작은 꽤 쾌속하고 절묘했지만, 그사이 할버드를 다루는 데 능숙해진 터라 그것을 따라 하는 것은 어렵지 않았다.

그러자 일순 그림자 스승의 몸체가 환하게 빛났다.

화아아악!

그렇게 빛에 물든 상태로 그림자 스승의 동작은 동일하게 이루어졌다.

아까와 다름없는 동작!

그러나 그 순간 전방에 수많은 할버드들의 그림자가 생겨났으니!

콰콰콰! 파파파파파!

마치 수십여 개의 할버드가 나타나 전방을 마구 휘갈기는 것 같았다.

"오! 멋진걸."

로이스는 환호했다. 그러자 그림자가 할버드를 거두고 로이스를 힐끗 쳐다보더니 정중하게 고개를 숙였다.

스스스.

그러고는 이내 흔적도 없이 사라져 버렸다.

[미스토스의 은총이 당신의 노력에 대한 보상을 줍니다.]

[당신은 할버드 기술인 스톰 크러시를 배웠습니다.]

'스톰 크러시?'

그것이 방금 보았던 기술의 이름인 것일까?

로이스는 두 눈을 휘둥그레 뜨고 앞을 살폈다.

아니나 다를까, 그와 관련된 설명도 나타났다.

* 스톰 크러시(1단계)

—할버드의 공격 기술

—시전 거리 : 20로빗(20미터)

—미흐의 기운이 폭풍처럼 나아가 전방을 쓸어 버림.

—소모 미흐 : 100

—시전 방법 : 할버드를 전방에 겨눈 채 '스톰 크러시'라고 외친다.

"바로 이거야!"

역시나 예상했던 바였다. 설명을 보니 로이스가 그토록 바랐던 기술이 맞았다.

이로써 한 번의 공격으로 전방의 적들을 일제히 쓸어버릴 수 있게 된 것이다.

"나도 한 번 펼쳐 볼까?"

로이스는 할버드를 꽉 쥐고는 전방을 향해 겨눴다. 그러고는 힘차게 외쳤다.

"스톰 크러시!"

그 순간 할버드가 세차게 진동했다.

츠으으읏!

흑색의 기운이 모여드는 것과 동시에 전방에 수십여 개의 흑색 할버드가 생성되었다.

휘리리리! 콰콰콰콰! 쿠콰쾅!

그리고 일어난 것은 말 그대로 폭풍 그 자체였다.

수많은 할버드의 폭풍이 전방의 공간을 갈기갈기 찢어버렸다.

"……!"

로이스는 잠시 말을 잊었다.

전방의 나무와 풀들이 흔적도 없이 날아갔다. 폭풍에 휘말린 반경 안에 있던 것 중 남아 있는 건 뭔가가 폭발한 듯 움푹 파인 웅덩이뿐이었다.

아무리 대단한 기술이라 해도 고작 1단계일 뿐인데 이토록 강하단 말인가?

물론 이는 기술의 위력도 위력이지만, 바로 파괴의 마력석 때문에 벌어진 일일 것이다.

'이 정도라면 마물들을 한 번에 수십 마리씩 쓸어버리는 건 일도 아니겠어.'

다만 시전 시마다 미호가 적지 않게 소모되니 무턱대고 사용할 것은 아니었다.

또한 마족과 같은 강력한 적에게 이 기술이 얼마나 타격을 줄지는 의문이었다.

그래도 일대다수의 전투에서 매우 유리한 기술이 생겨났으니 얼마나 다행인가.

'이만 돌아가 볼까?'

로이스는 뿌듯한 미소를 지으며 아스피스 성으로 향했다.

* * *

부활한 오후스와 이꼬트들의 합류!

덕분에 아시엘은 임무 성공으로 인해 미스토스 보상을

받았고, 아스피스 성의 규모는 또 한 번 확장되었다.

그사이 오후스는 다시 소녀의 모습으로 돌아가 아시엘과 대화를 나누었다. 그녀는 성을 보며 감탄을 금치 못했다.

"이곳이 바로 아시엘 님이 세운 용자의 성인가요? 미스토스의 기운이 가득 차 있어 안심이 되는군요."

아시엘은 쑥스럽다는 듯 말했다.

"아직은 많이 부족해요. 하지만 앞으로 시간이 지나면 정말 멋진 성이 될 것이니 기대해 주세요."

"믿고 있어요. 앞으로 저와 이꼬트들은 목숨을 바쳐 이 성을 지켜 내겠어요."

"고마워요, 오후스 경. 정말 든든하군요."

아시엘과 오후스의 얼굴에 미소가 피어났다.

"이제 저와 이꼬트들이 있을 장소를 지정해 주세요."

"숲이 있는 곳이 좋겠죠. 저곳이 어때요?"

아시엘은 북동쪽 숲을 가리켰다. 오후스가 환하게 웃었다.

"매우 마음에 들어요. 배려해 주셔서 감사해요."

곧바로 성안 북동쪽 숲에 거대한 나무인 오후스가 자리를 잡았다.

또한 그 나무를 중심으로 숲 도처에 작은 집들로 이루어진 마을이 생겨났는데, 그곳이 바로 이꼬트 마을이었다.

각종 주술에 능한 이꼬트들은 미스토스 용병들의 전투력을 더욱 강하게 해 줄 뿐 아니라, 직접적으로 적에게 강한 타격을 줄 수도 있었다.

즉, 이제 아스피스 성은 단순히 규모만 확장된 것이 아니라 방어력에도 커다란 증강이 이루어진 것이다.

귀여운 귀를 가진 이꼬트들은 광장 분수대 앞에 모여 노래를 부르거나 춤을 추기 일쑤였고, 경비를 서고 있는 미스토스 용병들에게 맛있는 음식을 나눠 주기도 하는 등 아스피스 성은 이전에 비할 수 없이 활기에 차 있었다.

한편 그런 아스피스 성을 둘러본 로이스는 무척 감탄했다.

'성이 또 커진 건가.'

모두 신비한 미스토스의 힘 때문이다.

직접 보기 전에는 누구도 이 말을 믿지 않을 것이다.

물론 마족을 직접 해치운 것은 로이스였기에 그 역시 미스토스의 보상을 적지 않게 받았다.

릴리아나의 꽃밭이 더욱 화려해진 것은 당연한 일.

특이한 건 그사이 방 내부 한쪽 벽에 생겨난 그림이었다.

"이 그림은 또 뭐야, 릴리아나?"

"꽃밭을 중심으로 인근의 지형을 축소해서 보여 주는 지도예요."

"지도?"

"여기가 우리 꽃밭이고, 이 성은 아스피스 성, 그리고 여긴 메르카 숲이에요."

릴리아나의 말대로 근처의 지형을 보기 쉽게 그려 놓은 지도였다.

"메르카 숲 말고 다른 숲들도 있네?"

메르카 숲에서 제법 떨어져 있는 위치에 2개의 커다란 숲이 더 있는 게 보였다.

또한 호수와 강도 있었고, 지하 동굴도 몇 개나 되었다. 모두 로이스가 아직 가 보지 못했던 곳들이었다.

릴리아나가 미소 지었다.

"지금은 좁은 반경이지만 앞으로 미스토스가 더 쌓이면 더욱 멀리 있는 것도 볼 수 있을 거예요."

미스토스를 많이 쌓으면 지도로 볼 수 있는 영역이 그만큼 늘어난다는 뜻이다.

"그럼 일단 이 지도에서 아직 안 가 본 숲이나 동굴부터 가 봐야겠어."

"그전에 어디든 손가락을 가져다 대면 그 지역을 좀 더 크게 볼 수 있어요. 또한 어떤 몬스터가 있는지도 알 수 있죠."

그 말에 로이스의 두 눈이 휘둥그레 커졌다.

"손가락을 대면 그림이 커진다고?"

"네."

릴리아나의 말대로였다. 로이스가 지도의 한쪽에 위치한 동굴에 손을 가져다 대자 그 동굴의 크기가 확대되어 마치 눈앞에 있는 것처럼 자세히 보였던 것이다.

웬 절벽 아래 음침하게 드러난 시커먼 동굴의 입구!

스켈레톤 동굴

—위치 : 브라키스 숲 북부

—고대 브라키스 숲을 지배했던 사악한 스켈레톤들과 그들의 로드가 있다.

—조만간 스켈레톤들로 인해 아름다운 브라키스 숲은 다시 어둠의 숲으로 변하게 되리라.

—충고하노니 그대가 스켈레톤 로드를 이길 자신이 없다면 브라키스 숲 쪽으로는 얼씬도 하지 말라.

지도에는 동굴의 그림뿐 아니라 이와 같은 글자들도 나타나 반짝였다.

"스켈레톤 로드? 꽤 강한 녀석인가 보네."

"적어도 마족급의 전투력을 가지고 있을걸요. 어쩌면 마족일 수도 있어요."

그 말에 로이스는 반색했다. 그렇지 않아도 미스토스 상급 기사가 되기 위해 마족을 찾고 있었으니까.

"그럼 당장 그 녀석부터 해치워야겠군."

마족이면 좋고 마족이 아니라 해도 그런 사악한 스켈레톤 녀석들이 웅크리고 있는 동굴이라면 가만둘 수 없는 일. 로이스는 당장 그곳 던전을 소탕하기로 결심했다.

"거기에 가려면 먼저 브라키스 숲을 지나가야 해요."

"그 숲에도 몬스터들이 있어?"

"원래는 없었지만 최근 로이스 님께 패배해 도주한 마물들과 리자드맨들이 일부 은신하고 있는 상황이죠."

"잘됐어. 이참에 그놈들을 모조리 해치워 버려야지."

그러나 그곳까지는 제법 먼 거리였다. 걸어서 이동하면 브라키스 숲까지 대략 3일 정도라 했다.

"그럼 다녀올게."

그때 릴리아나가 뭔가를 잠시 생각하는 듯하더니 고개를 흔들었다.

"지금은 안 돼요, 로이스 님."

"왜?"

"아스피스 성에 꽤 위협적인 기운이 느껴지고 있어요."

"뭔가 또 쳐들어오기라도 하는 거야?"

"네, 곧 외부의 습격이 있을 것 같아요. 아직 그 정체는 알아내지 못했어요."

"대체 어떤 녀석들일까?"

릴리아나의 예감이 틀리지 않는다면 아스피스 성에는 자칫 큰 위기가 찾아올 수도 있었다. 이럴 때 자리를 비우는 것은 좋지 않을 것이다. 로이스는 고개를 끄덕였다.

"그럼 던전 소탕은 잠시 미루고 그사이 낚시를 해야겠어. 마법 저항력을 올릴 생각이야."

낚시를 하는 데는 약간의 미흐만 소모될 뿐 별다른 체력 소모가 없다. 사실상 휴식이나 마찬가지.

"그 전에 이걸 받으세요."

곧바로 낚시터로 향하던 로이스를 향해 릴리아나가 만면에 미소를 지으며 뭔가를 내밀었다. 두 개의 반짝이는 구슬이었다.

"후훗, 이게 뭘까요?"

"마력석들이잖아. 벌써 둘 다 봉인을 풀었어?"

"네. 점점 쉬워지고 있어요."

곧바로 로이스의 시야에 글자들이 나타났다. 두 개의 구슬이 동일했다.

* 마력의 성장석

—등급 : 전설

—마물이나 마족에게 사용하면 능력이 대폭 상승한다.

"마력의 성장석?"

로이스는 어이가 없었다. 지난번에 얻은 파괴의 마력석은 할버드의 위력을 강하게 만들어 줘 제법 유용했다.

그런데 마력의 성장석은 마족이나 마물을 강하게 만드는 물건이니 로이스에겐 별 필요가 없는 것이다.

그렇다고 현재 부하로 거둔 라크아쓰에게 쓸 수도 없었다. 라크아쓰가 외모는 비록 마물보다 더 흉악하긴 하지만 마물이 아닌 이종족 몬스터이기 때문이다.

"이 구슬들은 쓸모없으니 그냥 부숴 버리는 게 어떨까?"

"앞으로 로이스 님께 마족이나 마물 부하가 생길 수도 있잖아요."

그 말에 로이스는 인상을 살짝 찌푸렸다. 어디 부하로 만들 녀석이 없어서 그따위 사악한 마족이나 마물을 부하로 거두겠는가.

그러나 세상일은 모르는 법이다. 라크아쓰 같은 흉측한 거미 몬스터도 부하로 거둔 마당이니까.

"하긴. 혹시 모르니 일단 보관해 둬."

"알았어요."

그사이 로이스는 배낭에서 시커먼 구슬 하나를 꺼냈다. 마족 파르두스를 해치우고 얻은 봉인된 마력의 구슬.

"받아."

"대단해요. 마력의 구슬을 또 얻었군요."

"이번엔 쓸모없는 마력의 성장석보다는 파괴의 마력석 같은 게 나오게 해 봐."

"맡겨 주세요."

릴리아나는 염려 말라는 듯 주먹을 불끈 쥐어 보였다. 물론 그녀가 노력한다고 해서 파괴의 마력석을 얻을 수 있는 건 아니었다. 봉인된 마력의 구슬에 감춰진 마력석의 능력은 애초부터 정해져 있는 것이기 때문이다.

'그럼 난 낚시를 시작해 볼까?'

로이스는 차원의 낚시터로 걸어갔다. 미스토스로 인해 꽃밭이 확장된 덕분인지 이곳 낚시터도 약간 더 커져 있었다.

다만 낚싯대는 동일했다. 투박한 차원의 낚싯대로 그사이 소모된 내구도는 모두 수리된 터였다.

"여차~!"

로이스는 낚싯대를 휘둘러 찌를 연못 위에 던졌다.

잠시 기다리자.

[피라미를 낚았습니다.]

[당신의 마법 저항력이 소폭 증가했습니다.]

"후후, 단번에 성공이네."

로이스는 다시 낚싯대를 던졌다.

잠시가 지났을까.

[오징어를 낚았습니다.]

[당신의 마법 저항력이 소폭 증가했습니다.]

"좋아! 또 성공!"

이번에는 오징어라 불리는 괴상한 물고기였다.

"이런 고기도 있다니 신기하구나."

설명으로 나타나는 글자들이 아니었다면 이 물고기의 이름이 오징어라는 것도 알 수 없었을 것이다.

물론 물고기는 뭐가 낚이든 상관없다. 낚시에 성공해 마법 저항력이 오르는 게 중요할 뿐.

그런데 그때 릴리아나가 다급한 표정으로 달려왔다.

"로이스 님!"

"무슨 일이야?"

"예상대로 아스피스 성을 향해 적들이 몰려오고 있어요."

그 말에 로이스는 낚싯대를 내려놓고 벌떡 일어났다.

"어떤 녀석들인데?"

"인간들이에요. 사르곤 제국의 병사들이 분명해요."

"지난번에 분명히 경고를 했는데 또 온 건가."

얼마 전 사르곤 제국의 흑기병 부대가 몰려왔을 때, 로이스는 그들을 몰살시킬 수 있었지만 순순히 패배를 인정하기에 그냥 돌려보냈었다.

그런데 또 나타났다는 것은 로이스의 경고를 무시한 것이나 다름없었다.

"이번엔 용서 못 해!"

할버드를 쥔 로이스의 눈빛이 차갑게 빛났다. 곧바로 꽃밭을 나서자 아스피스 성은 이미 짙은 긴장감에 휩싸여 있었다.

언제 다시 소환했는지 대략 2천여 명에 가까운 미스토스 용병들이 성벽과 성문 곳곳에 빽빽하게 배치된 채 경계 태세를 유지하고 있었고, 그 뒤로 이꼬트들 또한 지팡이를 쥔 채 전투를 보조하기 위해 대기 중이었다.

아시엘과 타르파, 스위니가 중앙의 망루 위에서 성의 한쪽을 바라보고 있다, 로이스가 나타나자 반색했다.

"로이스 님!"

"벌써 전쟁이 시작된 거야?"

"아직은 아니에요."

"때맞춰 잘 나오셨군요, 로이스 님. 그렇지 않아도 적이 나타나면 로이스 님께 도움을 청하려 했습니다."

릴리아나가 아스피스 성의 위기를 직감한 것처럼 타르파 또한 그것을 느꼈던 것이다.

그러나 릴리아나와 달리 아직 적의 정체까지 파악하지는 못한 모양이었다. 적이 인간인지 몬스터인지, 혹은 마물인지도 모르는 상황.

로이스는 과연 릴리아나의 말이 맞는지 지켜보기로 했다.

얼마나 지났을까.

"서쪽에 적입니다!"

"인간들입니다."

미스토스 병사들의 외침에 서쪽으로 시선을 돌린 아시엘의 안색이 굳어졌다.

"아, 저 깃발은?"

"사르곤 제국이에요. 그들이 또 왔군요."

스위니가 탄식했다.

심상치 않은 분위기를 풍기는 수백여 명의 전사들의 선두에서 나부끼는 깃발엔 푸른 와이번의 모습이 그려져 있었다. 바로 사르곤 제국의 상징이었다.

Chapter 5
너희들은 나의 경고를 무시했다!

"바로 저 성에 아시엘 공주가 있다는 것인가?"

잿빛의 플레이트 아머를 장착한 남자. 그의 음성은 묵직하면서도 위엄이 있었으며, 남색의 장발 사이로 번뜩이는 안광에서는 가히 칼날 같은 기세가 뿜어져 나왔다.

"그렇사옵니다, 플레인 백작님."

붉은 로브의 한 마법사가 공손히 대답했다.

플레인 백작.

그는 사르곤 제국의 뛰어난 검사 중 하나로 소드 마스터의 경지에 이른 인물이었다.

제국 북부의 영웅이라 불리는 백전의 용장!

그런 그가 왜 이 척박한 샤론 대륙에 모습을 드러낸 것일까?

그의 시선은 한 자그만 성채에 고정되어 있었다.

제법 큼직하긴 했지만 제국의 철옹성들에 비하면 보잘것없는 수준이다.

그러나 성 주위로 알 수 없는 기운이 흐르고 있어 소드 마스터인 그라 해도 접근할 수 없는 기이한 곳이었다.

플레인 백작은 미간을 살짝 좁혔다.

"듣기로는 이곳에 작은 집 한 채만 있다고 하지 않았던가."

"본래 그랬사오나 지금은 그것이 성채로 변한 것입니다."

"작은 집이 성채로 변했다니, 대체 그것이 무슨 말도 안 되는 소리인가?"

"바로 아시엘 공주의 사술 때문입니다."

"사술?"

"사악한 흑마법과 같은 것이옵니다."

"흑마법이라."

플레인 백작은 별달리 놀란 기색은 아니었다. 붉은 로브의 마법사 비쿠스가 차갑게 웃으며 말했다.

"바로 그것이 폐하께옵서 백작님을 보내신 연유이옵니다. 하여 오늘 반드시 아시엘 공주를 굴복시키셔야 하옵니다."

순간 플레인 백작이 팔짱을 끼며 비쿠스를 슥 노려봤다.
“루파인 왕국은 제국의 일개 영지보다 작은 소국이 아니었나. 나는 도무지 폐하께서 왜 소국의 공주 따위에 그리 신경을 쓰시는지 이해가 되지 않는군.”
“저 괴상한 성채의 모습을 보고도 모르십니까. 아시엘 공주는 사악한 흑마법을 익힌 마녀이옵니다. 폐하께서는 마녀가 세력을 확장해 장차 제국에 재앙을 가져올까 염려하고 계십니다.”
그러자 플레인 백작이 크 웃었다.
“그건 폐하가 아니라 대마법사 나칸의 염려이겠지. 나는 도무지 그의 속셈을 모르겠어. 있지도 않은 용자의 전설 따위를 내세워 루파인 왕국을 멸망시킨 연유가 대체 무엇인지 말이야.”
그러자 비쿠스의 표정이 차가워졌다.
“말이 지나치시군요. 백작께서는 나칸 님의 뜻이 곧 폐하의 뜻임을 모르시옵니까? 또한 용자의 전설은 허구가 아니라 사실입니다.”
“용자의 전설이 사실이라고?”
“물론입니다.”
“그따위 허무맹랑한 전설을 내가 믿을 것 같은가?”
“백작께서 믿건 믿지 않으시건 그것은 틀림없는 사실입

니다. 고대의 전설이 현세에서 이루어진 것이지요."

"그 전설이 사실이라면 어찌 아시엘 공주를 마녀라 몰아붙이는 건가? 오히려 우리가 그녀를 도와주어야 하는 것이 정상 아닌가?"

플레인 백작 역시 고대 용자의 전설에 대해서는 들어서 알고 있다. 대륙을 멸망시키려는 사악한 마왕과 맞서는 대륙의 수호자가 바로 용자임을 말이다.

물론 그는 당연히 그런 허무맹랑한 전설을 믿을 만큼 순진하지 않았다. 그러나 만일 그 전설이 맞다면 사르곤 제국은 절대 용자를 대적해서는 안 되는 것이다.

"말해 보게. 비쿠스 그대는 나칸의 제자 중 하나이니 나의 이 궁금증을 풀어 줄 수 있겠지. 비록 폐하의 명이 내려와 임무를 수행하고는 있네만 기분이 영 꺼림칙하단 말이야."

"전설에는 잘못된 부분이 있습니다."

"잘못된 부분?"

"용자는 마왕을 대적하는 것이 아니라 반대로 마왕의 부하가 되어 대륙을 멸망으로 이끄는 존재라는 것입니다. 따라서 용자가 아니라 마녀 혹은 마왕의 하수인이라 부르는 것이 맞습니다."

"그대의 말이 사실인가?"

"그렇지 않다면 어찌 나칸 님께서 이토록 신경을 쓰시겠습니까? 하니 백작께서는 공연한 의문을 갖지 마시고 폐하의 명에 충실하시면 될 뿐입니다."

그 말에 플레인 백작은 인상을 살짝 일그러뜨렸다. 여전히 뭔가 꺼림칙한 기분 때문이었다. 그러나 이내 고개를 끄덕였다.

"이유 불문하고 폐하의 명을 받았으니 따라야 하겠지."

"물론이지요. 지금 나칸 님뿐 아니라 폐하께옵서도 간악한 아시엘 공주가 이곳에 자리를 잡고 있다는 사실에 매우 언짢아하고 계십니다. 백작께서 이 화근덩어리를 제거하시면 폐하께서 매우 기뻐하실 뿐만 아니라 큰 상도 내리실 것입니다."

"상이라. 혹시 언급된 것이 있었나?"

"아마도 백작님의 작위가 오르실 것입니다. 뿐만 아니라 영지도 더 하사받게 되실 겁니다."

순간 플레인 백작의 두 눈이 휘둥그레 커졌다. 이 말은 그가 곧 후작으로 승작된다는 뜻이었다. 게다가 새로운 영지까지!

이는 그야말로 그가 전쟁에서 대단한 전공을 무수히 세우지 않는다면 얻기 힘든 엄청난 포상이었다.

"그, 그게 사실인가?"

"나칸 님께 직접 들은 것이니 틀림이 없을 것이옵니다.

그래도 이 일이 꺼림칙하십니까?"

"으하하하! 그럴 리가 있겠는가. 황명을 받드는 것은 신하로서 마땅한 일. 나는 오늘 위대하신 사르곤 제국 황제 폐하의 명을 받아 저 간악한 마녀인 아시엘 공주와 그 패거리를 쓸어버리도록 할 것이다. 오늘 저 성은 내 손에 무너질 것이다."

"흐흐흐, 현명하신 생각이시옵니다."

비쿠스는 음침하게 웃었다. 플레인 백작이 웃음을 그치고 물었다.

"한데 저 괴이한 결계를 없앨 방도는 있는가?"

그는 성벽을 지키고 있는 병사들 따위는 안중에도 없었다. 소드 마스터인 그와 그의 용맹한 부하들이 나서면 저 정도 성을 점령하는 건 식은 죽 먹기이기 때문이다.

그러나 알 수 없는 결계로 인해 성으로 접근할 수가 없으니 문제였다.

"저것은 미스토스 결계라는 것으로 그 어떤 공격이나 마법으로도 없앨 수 없습니다."

"그렇다면 무슨 수로 저 성을 무너뜨린다는 건가?"

"하나 방도가 있지요. 포위해서 시간을 끌면 됩니다."

"시간을 끈다?"

"나칸 님의 말씀에 의하면 미스토스 결계는 강력하지만

미스토스가 없으면 사라진다 합니다. 아시엘이 미스토스를 쌓으려면 성 밖으로 나와야 하는데 우리가 성을 포위하고 있으면 그것이 불가능할 터. 결국 미스토스가 부족해 결계는 저절로 사라지고 말 것입니다."

플레인 백작은 고개를 갸웃했다.

"확실한 것인가? 만약 그렇지 않다면 우리는 공연히 시간만 허비하게 될 걸세."

"틀림없으니 염려 마시지요. 나칸 님은 용자를 상대하는 법에 대해 모두 파악하시고 계시며 그 방법을 저에게 모두 알려 주셨사옵니다."

비쿠스의 입가에 득의만만한 미소가 맺혔다. 플레인 백작은 시큰둥한 표정을 지었다.

"그렇다 해도 저 아시엘 공주에게 미스토스가 얼마나 많이 있는지 알 수 없지 않은가. 지금처럼 막연히 포위만 하며 기다리고 있다간 우리가 먼저 지치고 말 것이야."

식량은 몇 개월을 버틸 만큼 충분했지만, 이상 기후가 문제였다. 밤이 되면 갑자기 눈이 오거나 폭풍이 오기도 하는 등 단 하루도 방심할 수 없는 곳이 바로 이곳 샤론 대륙이니까.

"저를 비롯한 마법사들이 희생자가 나오지 않도록 충분히 조치할 것이니 염려 마십시오. 또한 저는 저 성의 미스토스가 빨리 소모되게 하는 법을 알고 있습니다."

"그게 무엇인가?"

"아시엘을 조롱하여 저 성을 지키는 미스토스 병사들의 사기를 떨어뜨리면 됩니다. 그리하면 결계를 유지하는 미스토스가 더 많이 소모되기 시작합니다. 아시엘이 이곳 샤론 대륙에 들어온 지 얼마 안 된 것을 고려해 본다면 현재 쌓은 미스토스는 그리 많지 않을 것입니다."

"제법 그럴듯한 말이로군."

플레인 백작은 고개를 끄덕였다. 비쿠스의 말이 사실이라면 저 성을 둘러싼 결계가 조만간 사라질 것이다.

"무엇하는가. 어서 지체하지 말고 저 성의 사기를 떨어뜨리도록 하라."

"예, 명을 받듭니다."

비쿠스는 공손히 대답하고는 고개를 돌려 외쳤다.

"야이젠 남작! 일단 그대가 적을 도발하도록 하시오."

"알았소."

야이젠 남작은 흑기병 부대를 이끄는 지휘관으로 지난번 아시엘을 공격했다가 패퇴했다. 그러다 이번 2차 원정의 길잡이로 차출되어 온 터였다.

당시 로이스 한 명에게 흑기병들이 무참히 패배했던 것을 떠올리면 지금도 오금이 저려 올 지경.

그러나 오늘은 그때와 다르다. 제국의 소드 마스터 중 하나인 플레인 백작과 그의 기사단이 왔기 때문이다. 또한 마법사 비쿠스를 비롯해 전투 마법사만 10여 명이나 있다.

이 정도라면 어지간한 소국을 무너뜨릴 수 있는 전력!

'그 애송이 놈이 나온다 해도 두려워할 것 없겠지.'

곧바로 야이젠 남작이 앞으로 걸어 나가며 크게 외쳤다.

"사악한 용자 아시엘은 들으라! 위대하신 사르곤 제국의 황제 폐하께서는 그대가 순순히 항복하고 충성을 맹세한다면 큰 상을 내리신다 하셨다. 하나 그대가 여전히 분수를 모르고 끝까지 패역한 행위를 계속한다면 그대는 물론이고 그대를 따르는 이들까지 모조리 참수하라 명하셨다. 부디 현명한 선택을 하길 바란다."

그러자 성의 망루 위에 서 있던 아시엘이 코웃음을 치며 답했다.

"내가 사르곤 제국의 황제에게 굴복하는 일은 꿈에라도 있을 수 없는 일. 그대들은 헛꿈 꾸지 말고 돌아가도록 해라. 그렇지 않으면 전멸을 면치 못할 것이다."

"크하하하! 전멸이라니! 지금 전멸이라고 했느냐? 그 같은 망상은 꿈이라면 모를까 현실에서는 절대 이루어지지 못한다. 망국의 공주여! 그대의 주제를 파악하는 게 어떤가?"

순간 아시엘의 안색이 굳어졌다. 그녀는 말없이 야이젠 남작을 노려보았다. 경비대장 스위니가 발끈하며 외쳤다.

"닥쳐라, 이 망할 자식! 네놈이야말로 지난번에 간신히 살아서 돌아간 주제에 다시 또 이곳에 나타나다니 간덩이가 부은 거냐?"

"너는 루파인 왕국의 기사였던 스위니로군. 용자의 기사라면 당장 나와서 실력을 보여라."

스위니는 코웃음 치며 대꾸했다.

"자신 있으면 어디 네가 들어와 보든가."

이전의 스위니였다면 대뜸 검을 빼 들고 성 밖으로 뛰쳐나가려 했을 것이다. 그러나 성의 경비를 책임지는 지금은 섣불리 야이젠 남작의 도발에 응할 만큼 경솔하게 행동하지 않았다.

그러자 야이젠 남작이 입가에 조소를 피우며 외쳤다.

"크흐흐! 그 말은 곧 나오지 않겠다는 거군. 다들 쥐새끼들처럼 결계 안에 숨어 웅크려 있으니 정말 궁상맞기 그지없구나."

"뭐? 쥐새끼?"

스위니의 두 눈이 이글거렸다. 뿐만 아니라 미스토스 용병들의 눈빛도 사납게 번뜩였다.

그들의 기세에 야이젠은 순간 흠칫 놀랐지만 이내 다시

음침한 웃음을 흘리며 말했다.

"흐흐흐, 어디 말로만 하지 말고 한번 나서 보라. 그대들의 연약한 주군이 모욕을 받았는데도 성안에 웅크리고만 있다면 그대들은 비겁한 겁쟁이들일 뿐이다."

순간 미스토스 용병들이 분노로 몸을 떨었다.

"으으! 겁쟁이라고?"

"우리는 겁쟁이가 아니다."

용병들은 아시엘과 스위니를 바라봤다. 당장이라도 뛰쳐나가 검을 휘두르고 싶은 듯 공격 명령을 기다리는 표정이었다.

그러나 아시엘은 고개를 흔들었다.

"적의 도발에 신경 쓰지 말아요. 저자는 지금 우리를 자극해 결계 밖으로 유인하려는 치졸한 술책을 피우고 있어요."

"예, 아시엘 님."

용병들은 힘차게 대답하며 고개를 끄덕였다. 그러나 대답과 달리 그들의 표정은 침울하게 변했다.

용자가 모욕을 당하는데도 이에 적극적으로 대응하지 않고 있다는 것! 이유를 불문하고 그것은 미스토스 용병들의 사기를 떨어뜨리게 된다.

[미스토스 용병들의 사기가 소폭 하락했습니다.]

[미스토스 결계 유지에 소모되는 미스토스의 양이 소폭 증가합니다.]

동시에 이와 같은 글자가 아시엘의 시야에 환영처럼 나타났다.

이는 용자인 아시엘과 집사 타르파에게만 보이는 글자들로, 성을 유지하는 미스토스와 관련된 내용이었다.

타르파의 안색이 굳었다.

“소폭이지만 미스토스 소모량이 늘었습니다, 아시엘님.”

아시엘이 침중한 표정으로 고개를 끄덕였다.

“저자가 미스토스 결계의 약점을 정확하게 파악하고 있다니 놀랍군요.”

“아직은 무시해도 될 정도지만, 이것이 지속되면 미스토스의 소모량이 대폭 증가할 수도 있습니다.”

“그렇게 되면 큰일이에요.”

그러자 로이스가 할버드를 번쩍 들고 말했다.

“하하, 무슨 걱정들이 그리 많아? 그런 일은 벌어지지 않으니 염려들 마.”

"로이스 님!"

아시엘이 쳐다보자 로이스는 자신의 가슴을 툭 치며 웃었다.

"내가 있는데 무슨 걱정이야."

그사이 로이스는 라크아쓰가 가져온 은빛의 번쩍이는 갑주로 갈아입었다. 잠시 옷을 갈아입느라 야이젠 남작이 뭐라 헛소리를 지껄여도 내버려 두었을 뿐이다.

"케케케! 어떻습니까요? 오늘 복장이 마음에 드시는지요, 로드!"

라크아쓰는 전신 거울을 꺼내 로이스 앞에 내보이며 물었다. 로이스는 흡족한 듯 씩 웃었다.

"아주 멋지구나. 진작 이런 옷을 만들지 그랬어."

은빛으로 번쩍이는 이 갑주는 모양만 그럴듯할 뿐 사실 방어력은 거의 없다시피 했다. 라크아쓰의 거미줄 천으로 만든 것이다 보니 내구도는 천옷이나 마찬가지였다.

그러나 어차피 로이스에게 옷의 성능은 중요치 않았다. 멋져 보이기만 하면 충분했다.

곧바로 로이스는 아시엘과 타르파 등을 훑어보며 자신있게 말했다.

"그럼 난 저 녀석들이 더 이상 떠들지 못하게 모두 쓸어버리고 오겠어."

그 말이 끝나는 순간 로이스는 그 자리에 없었다.

*　　*　　*

"크흐흐하하핫! 겁쟁이 용자에 겁쟁이 부하들이군! 지난번에 비해 제법 규모는 커졌다만 걸어오는 싸움도 두려워 피하다니, 그러고도 그대가 용자라 할 수 있느냐?"

그사이 야이젠 남작이 다시 도발했다. 물론 그는 속으로 찜찜한 구석이 없지 않았다.

'믿을 수 없군. 지난번에 왔을 때는 분명 작은 울타리를 가진 초라한 집이었는데, 어떻게 그사이 성이 생겨났다는 말인가.'

대단한 기술을 가진 인부들이 왔다 해도 그 짧은 시간에 저와 같은 큰 성을 쌓기란 불가능했다.

더구나 이곳은 라키아 대륙과는 멀리 떨어진 미지의 땅 샤론 대륙이 아닌가.

성을 쌓기 위한 인부들은 어디에서 불러왔을까? 건축 자재들은? 또한 언뜻 봐도 2천명은 됨 직한 저 정체불명의 병사들은 또 무엇일까?

야이젠 남작의 머릿속은 온통 혼란에 가득 차 있었다.

그러나 그는 그러한 의문을 뒤로한 채 명령에 충실했다.

지난번의 패배로 상부에서 크게 문책을 받은 터라 그것을 만회하기 위해서는 이번 원정에서 큰 공을 세워야 하기 때문이다.

그의 임무는 용자를 도발하여 성안의 군대를 끌어내는 것!

'다른 이는 몰라도 그놈은 분명 나올 것이다.'

맨손으로 흑기병들을 패퇴시킨 정체불명의 소년!

당시에는 워낙 경황 중이라 그가 제국의 마법사 카센 자작이라 오해했었다. 카센 자작이 제국을 배신하고 아시엘을 돕고 있다 여겼던 것이다.

그러나 그것은 카센의 로브에 깃든 마면 때문에 흑기병들이 착각했었던 일임을 제국의 마법사들에 의해 알게 되었다.

즉, 당시 흑기병들을 패퇴시킨 이는 아시엘의 부하 중 하나인 소년 무장이었다. 야이젠 남작은 처음 아시엘의 집 안에서 카센의 마면을 펼치기 전 그 소년의 얼굴을 분명 기억했다.

하지만 그 소년의 경악할 만한 전투력도 소드 마스터인 플레인 백작 앞에서는 통하지 않을 것이라고 야이젠은 확신했다.

'어쨌든 슬슬 그놈이 나타날 때가 됐는데?'

아니나 다를까, 갑자기 전방의 성벽 위에 웬 은빛의 갑옷을 입은 소년이 모습을 드러냈다. 그러고는 야이젠 남작을 노려봤다.

"너는 그때 왔던 놈이군. 내가 분명 그때 경고했는데 왜 또 온 거지?"

머리에는 은빛의 왕관을 연상케 하는 투구를 쓰고 오른 손으로는 흑색의 긴 할버드를 쥐고 있는 소년.

'그, 그놈이다!'

야이젠의 몸이 움찔 떨렸다. 그는 자신도 모르게 뒤로 몇 걸음 물러나며 답했다.

"크흐흐! 경고라니 무슨 헛소리냐? 네놈이야말로 오늘도 성 밖으로 나와 싸워 볼 용기가 있느냐? 겁나면 그 안에 웅크리고 있거라. 그럼 며칠은 더 살 수 있을 것이다."

"훗."

로이스는 볼 것도 없다는 듯 훌쩍 성벽 아래로 뛰어내렸다. 입으로는 잔잔히 웃고 있지만 눈빛은 화염처럼 이글거렸다.

그렇게 로이스가 성 밖으로 나가는 모습을 보자 성에 있는 용병들이 크게 함성을 질렀다.

"와아! 로이스 님이시다!"

"미스토스 기사 로이스 님이시다!"

로이스가 그저 할버드를 쥐고 성 밖으로 나간 것 하나만으로도 용병들의 사기가 본래로 돌아왔다.

[미스토스 용병들의 사기가 소폭 상승했습니다.]

[미스토스 결계 유지를 위한 미스토스 소모량이 감소합니다.]

이에 아시엘과 타르파는 안심하는 표정을 지었다.

로이스가 혼자 적들을 향해 나갔지만 그들 중 누구도 염려하는 기색은 없었다.

아시엘은 물론이고 아스피스 성의 모든 이들에게 로이스는 무적의 존재라 각인되어 있었으니까.

수천의 마물을 혼자서 쓸어버리고, 심지어 마족들조차 쓰러뜨린 가공스러운 전투력의 로이스였기 때문이다.

그와 달리 플레인 백작의 진영에서는 자신들을 향해 느릿하게 걸어오는 로이스를 보며 어이없어하는 기색이었다.

"저놈은 뭔가? 설마 지금 혼자서 우릴 대적하겠다고 나오는 것인가?"

"저놈이 바로 야이젠 남작이 말한 그놈인가 봅니다. 단신으로 흑기병 부대를 패퇴시켰다고 하니 만만히 볼 것은 아닙니다만 상당히 무모한 녀석이긴 하군요."

비쿠스 역시 로이스를 어처구니없다는 듯 쳐다봤다. 그는 곧바로 음침하게 웃으며 말을 이었다.

"어찌 됐든 저놈이 아시엘 휘하 최강의 용장임에는 분명합니다. 이제 백작께서 저놈을 쓰러뜨리시면 저 성의 사기는 대폭 감소할 것입니다. 그땐 결계가 사라지는 건 시간문제입니다."

그사이 야이젠 남작은 마치 호랑이를 보고 놀란 강아지처럼 기겁한 표정을 지으며 본진으로 달려왔다. 애초부터 그는 로이스와 싸우겠다는 생각은 하지 않은 모양이었다. 그는 비쿠스를 향해 다급히 외쳤다.

"바로 저놈이오! 보통 놈이 아니니 조심하시오."

"알았으니 그대는 물러나 있으시오."

비쿠스는 끄덕이고는 플레인 백작을 쳐다봤다. 그러자 플레인 백작은 못마땅한 듯 코웃음을 치고는 휘하 무장들을 향해 말했다.

"저따위 이름도 없는 애송이를 내가 직접 나가 상대한다면 모두가 날 우습게 생각할 것이다. 너희 중 누가 나가 저 녀석을 상대해 보겠느냐?"

"제게 맡겨 주십시오."

"부디 제게 기회를 주소서!"

10여 명의 무사들이 앞다투어 말했다. 그들의 눈빛은 모두 강렬했고 전신에서 강인한 기운이 뿜어져 나왔다.

플레인 백작은 흡족하게 웃었다. 저 중 누구를 내보내도 저 세상 무서운 줄 모르는 소년 따위는 가볍게 제압할 것이라 보았기 때문이다.

"렐크! 네가 가서 저놈을 상대해 봐라."

"명을 받듭니다. 저놈의 목을 가져오겠습니다."

푸른빛으로 번쩍이는 판금 갑옷을 두르고 백색 검신의 양손 대검을 움켜쥔 건장한 체격의 사내 렐크.

그는 소드 익스퍼트 상급의 경지에 이른 노련한 검사였다. 그는 바람처럼 앞으로 달려 나가 로이스의 앞에 섰다.

"나는 플레인 백작님의 기사 렐크다. 애송이, 너의 이름과 출신을 밝혀라."

순간 로이스가 힐끗 렐크를 쏘아보고는 대답했다.

"내 이름은 로이스. 용자 아시엘의 용병이다."

그와 함께 로이스의 몸에서 뿜어져 나오는 강력한 위압감에 렐크는 흠칫 놀랐다. 멀리서 봤을 때는 그저 화려한 갑옷을 입은 철부지 소년이라 생각했다.

저따위 소년에게 야이젠 남작이 패배했다는 것이 한심하다 느껴질 정도로 말이다.

그런데 지금 가까이에서 마주하니 그것은 착각이었다.

소년의 입은 잔잔하게 미소 짓고 있지만 눈빛은 차갑기

이를 데 없었는데, 믿을 수 없게도 그 눈빛을 보는 순간 오금이 저려 왔던 것이다.

마치 거대한 산을 마주한 듯 가공스러운 기세!

이는 그의 주군인 소드 마스터 플레인 백작 앞에서도 느껴 보지 못한 것이었다. 그는 자신도 모르게 한 걸음 물러났다.

"너는 누구냐?"

"방금 말했는데 귀가 먹은 거냐? 내 이름은 로이스다."

"그거 말고 네놈의 정체가 뭐냐는 것이다."

"쓸데없이 말이 많군."

로이스는 귀찮다는 듯 할버드를 휘둘렀다. 그의 몸이 순식간에 렐크와 거리를 좁혔고, 그보다 앞서 할버드가 마치 환상처럼 수평으로 공간을 갈랐다.

퍼억!

그것이 끝이었다. 둔탁한 굉음과 함께 판금 갑옷이 종이쪽처럼 찢겨 나갔고 그에 따라 렐크의 몸도 반쪽이 나 버렸다.

"크아아악!"

그대로 처참한 비명과 함께 바닥으로 널브러진 렐크를 로이스는 무심한 표정으로 내려다봤다. 그러고는 고개를 들어 앞을 노려봤다.

"사르곤 제국! 너희들은 나의 경고를 무시했다. 오늘 이곳에 온 놈들은 단 한 명도 돌아가지 못할 것이다."

두 번 다시 이곳에 나타나지 말라는 것이 로이스가 한 경고였다. 물론 그때 왔던 이들 중 또 온 이는 야이젠 남작을 비롯한 일부 흑기병들뿐이지만, 로이스가 말한 경고 대상은 그들만이 아닌 사르곤 제국 전체였다.

감히 사르곤 제국이 두 번째로 도발해 온 것이니 당연히 응징해야 하리라.

로이스는 반 토막 난 렐크의 시체를 밟고 다시 걸어갔다.

자신과 같은 모습의 인간들을 죽이는 것이 별로 유쾌한 기분은 아니었지만, 저들은 용자 아시엘을 모욕했다.

망국의 공주가 어쩌고, 겁쟁이가 어쩌고 하며 말이다.

그것은 그녀와 계약을 한 로이스를 모욕한 것이나 마찬가지.

비쿠스가 플레인 백작을 향해 다급히 외쳤다.

"놈의 기세가 심상치 않습니다! 저대로 두실 생각입니까?"

"으득! 그럴 리가 있겠나. 내 저놈을 찢어 죽이고 말겠다."

플레인 백작이 이를 갈며 말했다. 그의 수하 중 하나가 눈 깜짝할 사이에 반쪽이 나 버렸으니 그의 분노가 어떻겠는가.

"네 이놈!"

어느새 검을 번쩍 빼 든 그는 마치 순간 이동이라도 한 듯 로이스의 앞쪽에 위치해 있었다.

파지지직!

푸른 오러 블레이드가 형성된 플레인 백작의 검이 마치 뇌전과 같은 기세로 로이스를 향해 쇄도했다.

"훗, 제법 센 녀석이군."

로이스는 담담히 웃으며 할버드로 플레인 백작의 검을 쳐 냈다.

Chapter 6
제국의 4대 미녀

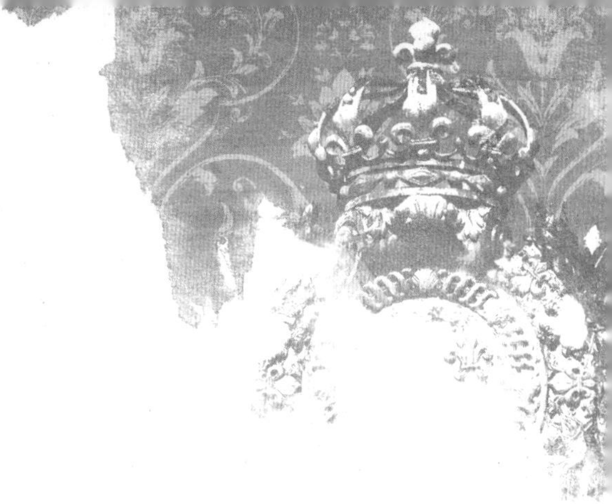

쾅! 콰앙!

검과 할버드가 격돌하자 금속음이 아닌 폭음이 일었다. 이는 단순히 무기와 무기가 부딪힌 것이 아니라 무기를 둘러싼 기의 대결이기 때문이다.

쾅! 쾅! 콰쾅!

플레인 백작은 소드 마스터답게 그 움직임이 바람과 같았다. 왼쪽에서 그의 모습이 보이는가 싶으면 어느새 오른쪽에서 검을 휘둘렀고, 그것을 막아 내면 뒤쪽에서 날아들었다.

게다가 그가 휘두르는 검의 동작 하나하나마다 어지간한

바위는 먼지로 만들어 버릴 만한 강력한 위력이 담겨 있었으니!

그러나 그런 공격을 로이스는 어렵지 않게 막아 냈다. 그러다 보니 플레인 백작은 깜짝 놀라고 말았다.

'이럴 수가!'

사르곤 제국 북부 세베르 영지의 영웅이자 최강의 존재로 군림하는 그의 검 아래 얼마나 많은 적들이 쓰러졌던가.

그중에는 몬스터들도 있었고, 제국에 반기를 들었던 적들도 있었다. 가히 무패를 자랑하던 플레인 백작이기에 그는 자신의 검 아래 이 정체불명의 소년 또한 맥없이 쓰러지리라 확신했다.

그러나 소년은 그러한 그의 예상을 완전히 벗어났으니.

'진정 대단한 녀석이다! 어디서 이런 녀석이 나타난 것인가?'

그는 검을 한 번 힘차게 휘둘러 로이스를 뒤로 밀어 내고는 크게 외쳤다.

"으하하하핫! 아직 스물도 되어 보이지 않은 소년이 나의 공격을 받아 내다니 놀랍구나!"

그사이 로이스는 플레인 백작의 공격에 피투성이로 변해 있었다.

이는 플레인 백작의 검이 워낙 교묘하고 빨랐기 때문이

었다. 눈 깜짝할 사이에 수십여 개의 검영들을 만들어 내며 날아드니 아무리 로이스라 해도 완벽히 막아 내는 것은 쉽지 않았다.

물론 그렇다 해도 대부분의 공격을 막아 냈을 뿐만 아니라 치명적인 피해는 당하지 않았다.

다만 가벼운 찰과상이라 해도 수십 군데나 당하다 보니 전신이 피 칠갑을 한 듯 변해 있을 뿐.

하지만 흥미로운 사실은 그사이 플레인 백작의 몸에도 적지 않은 상처가 생겨났다는 것!

옆구리와 팔뚝이 파여 나가고 머리도 깨져 투구 사이로 핏물이 뚝뚝 흘러내렸다.

이는 물론 로이스가 가진 무기 방어 전술의 불가사의한 반격 능력 때문이었다.

아무리 소드 마스터인 플레인 백작이라 해도 도저히 피할 수 없는 이상한 공격! 치명적인 상처는 입지 않았지만 기분이 꺼림칙한 것은 어쩔 수 없었다.

'이는 저놈이 가진 할버드에 깃든 기운 때문일 거야. 마법이 깃든 마도구가 분명해.'

그의 입가에 차가운 냉소가 맺혔다.

'하지만 그래 봤자 내가 전력을 다하면 저놈의 목은 날아간다.'

그는 아직 실력의 절반도 드러내지 않았다.

작정하면 얼마든지 로이스의 목을 몸통에서 분리시켜 버릴 수 있다 자신했다.

다만 그럼에도 불구하고 로이스를 죽이지 않은 이유는 진심으로 로이스의 실력에 감탄했기 때문이다.

불과 스물도 되지 않은 나이에 소드 마스터인 자신의 공격을 받아 낼 정도라면 장차 얼마나 대단한 실력을 가지게 될지 알 수 없었다.

“너는 한낱 사악한 마녀 따위의 밑에 있다가 죽기엔 아까운 존재로다. 어떠냐? 지금이라도 뜻을 바꾸어 사르곤 제국의 황제 폐하께 충성을 맹세한다면 내 너를 살려 줄 뿐 아니라 부귀영화를 누릴 수 있도록 천거해 주겠노라.”

“부귀영화? 그게 뭔데?”

로이스가 고개를 갸웃했다. 그러자 플레인 백작은 로이스가 자신의 말에 관심을 보이는 것이라 생각해 회심의 미소를 지었다.

“말 그대로다. 내 말을 듣는다면 너는 황제 폐하께 귀족의 작위뿐 아니라 영지까지 하사받게 될 것이다. 매일 맛있는 음식을 먹으면서 향긋한 술을 마시고, 눈부시게 아름다운 여자들을 품에 안으며 평생을 영화롭게 지낼 수 있게 된다는 뜻이다.”

"맛있는 음식?"

로이스의 두 눈이 빛났다. 다른 건 몰라도 맛있는 음식이라면 왠지 관심이 생겼다.

"후후, 그러하다. 사르곤 제국뿐 아니라 대륙의 각지에서 나는 온갖 산해진미! 보통 사람이라면 평생에 걸쳐 한 번도 먹어 보지 못할 그 기막힌 음식들을 네가 원할 땐 언제든 먹을 수 있다."

"꿀꺽!"

로이스가 침을 삼켰다. 보통 사람이 평생에 한 번도 먹어 보지 못할 기막힌 음식들이라니! 과연 얼마나 맛있기에 저와 같은 말을 하는 것일까?

"으하하핫! 그뿐이겠느냐? 영웅에겐 미녀가 따르는 법. 네가 원하지 않더라도 수많은 미녀들이 너의 품에 안기길 원할 것이다."

그러자 로이스가 불쑥 손을 들어 한쪽을 가리키며 말했다.

"미녀들? 그녀들이 저기 아시엘만큼 예뻐?"

로이스의 손끝이 향한 곳은 아스피스 성의 중앙 망루 위에 서 있는 용자 아시엘이었다.

"……!"

순간 플레인 백작은 잠시 멍한 표정을 지었다. 로이스가 설마 그런 식으로 질문을 할 거란 예상은 하지 못했기 때문이다.

그는 힐끗 시선을 돌려 아시엘을 쳐다봤다.

거리는 꽤 멀었지만 소드 마스터인 그의 안력은 아시엘을 가까이 있는 것처럼 자세히 볼 수 있었다.

그러다 보니 그는 자신도 모르게 입을 쩍 벌렸다.

'실로 대단한 미색이로군.'

아시엘의 외모는 단순히 말로 뭐라 형언하기가 힘들었다.

또렷한 이목구비. 보석처럼 빛나는 눈동자. 장미를 갈아 칠해 놓은 듯한 입술. 그린 듯한 턱 선 아래 늘씬하게 뻗은 목.

하나하나를 본다면 최고라고 말할 것은 아니었지만 그 모두가 조화되어 보이는 미모는 가히 완벽 그 자체였던 것이다.

게다가 용자 특유의 신비한 위엄까지 더해져 있어 단연코 그가 아는 사르곤 제국의 그 어떤 미녀도 아시엘과 견줄 수는 없어 보였다.

그러나 지금 로이스에게 그것을 인정해서는 안 된다. 플레인 백작은 속으로 다시 회심의 미소를 지었다.

'후후, 역시나 저 녀석이 미녀에 관심이 많은 게로군.'

다시 말해 로이스가 아시엘의 용병이 된 것은 아시엘의 미모에 혹해서일 가능성이 높다고 판단한 것이다.

그러나 세상은 넓고 미녀는 많다. 아시엘이 비록 완벽한 외모의 미녀라 하지만 그녀의 분위기는 뭔가 신성한 구석이 있었다.

마녀답지 않게 마치 성녀를 연상케 하는 범접할 수 없는 분위기!

어째서 사악한 마왕의 하수인인 그녀에게 그 같은 성스러운 분위기가 느껴지는지는 모르지만, 아무튼 외모에 있어서 그것은 장점임과 동시에 단점으로도 작용할 수 있으리라.

"으하하핫! 이거 실망이로군. 너는 고작 저 정도 외모를 예쁘다 생각하느냐?"

"네 눈엔 아시엘이 예쁘지 않다는 거야?"

"사르곤 제국에 가면 저 정도 미모의 여자들이 도처에 널려 있다."

"널려 있다고?"

"물론이다. 또한 당연히 저보다 훨씬 예쁜 여자도 있지."

"뭐? 더 예쁜 여자도 있다고? 그럴 리가!"

로이스의 두 눈이 휘둥그레 커졌다. 사실 로이스는 라키아 대륙에 있을 때 체란산에서만 자랐다. 당연히 사르곤 제국이라는 곳을 가 본 적이 없었다.

따라서 지금 이 순간 플레인 백작이 거짓말을 하고 있어도 그것을 간파하기란 쉽지 않았다.

로이스는 세상에 릴리아나 빼고는 아시엘이 가장 예쁘다고 생각했다. 릴리아나야 꽃의 요정이니 그렇다 치더라도, 아시엘은 인간이면서도 그 못지않게 아름답기 때문이다.

그런데 아시엘 같은 여자들이 사르곤 제국에는 널려 있다고 하니 왠지 충격이었다. 더구나 아시엘보다 더 예쁜 여자가 있다는 것은 더더욱.

그때 플레인 백작이 알 수 없는 미소를 흘리며 말했다.

"후후후, 내 말이 믿기지 않는 것이냐? 그렇다면 증거를 보여 주도록 하마."

"증거라고?"

대체 어떻게 증거를 보여 준다는 것일까? 설마 이곳에 그와 같은 엄청난 미녀를 데려오기라도 한다는 것일까?

로이스가 고개를 갸웃하자 그사이 플레인 백작과 시선이 마주친 비쿠스 역시 회심의 미소를 짓더니 로이스를 향해 말했다.

"로이스라 했소? 나는 사르곤 제국의 마법사 비쿠스라 하오. 플레인 백작님의 말씀대로 사르곤 제국에는 그대가 받들어 모시는 저 사악한 마녀 아시엘 따위와는 비할 수 없이 아름다운 여자들이 무수히 많소. 그중에서도 유독 아름다운 네 명의 미녀가 있으니 그녀들을 일컬어 제국의 사대 미녀라 하지요."

"사대 미녀?"

"그렇소. 내가 지금 그대에게 그녀들의 모습을 보여 주도록 하겠소."

그 말과 함께 비쿠스는 스태프를 앞으로 내밀며 뭐라 주문을 외웠다.

스스스.

순간 흐릿한 그림자 같은 것이 바닥에서 솟아오르더니 그것이 점차 뚜렷한 형체를 이루었다.

황금발의 머리에 화려한 드레스를 입고 있는 한 여자.

서늘한 눈빛은 깊고도 신비하면서도 위엄이 느껴졌다.

"보이시오? 저분이 바로 황녀 아이리스 님이시오. 제국 사대 미녀 중 단연코 최고라 일컬어지시는 분이라오."

"오!"

로이스는 깜짝 놀랐다. 정말로 과언이 아니라 지금껏 한 번도 본 적이 없는 엄청난 미모를 가진 여자였기 때문이다.

그저 바라만 보는 것만으로도 가슴이 뛰다 못해 심장이 멈춰 버릴 것만 같았다.

암흑을 밝히는 신령한 빛과 같은 존재!

꽃의 요정 릴리아나나 용자 아시엘조차 저 앞에 서면 평범한 외모로 전락해 버릴 듯했다. 만약에 여신이 존재한다면 바로 저와 같을 것이다.

'우와! 정말 엄청나게 예쁘구나!'

그러나 로이스는 모르고 있었다. 황녀 아이리스가 실제로 제국의 4대 미녀 중 하나이며 무척이나 아름다운 외모를 지니고는 있지만, 아시엘이나 릴리아나에 비해서는 손색이 있다는 사실을 말이다.

이는 비쿠스가 고도의 현혹 마법을 펼쳐 현실에는 절대 존재할 수 없는 여신과 같은 분위기로 로이스의 눈을 속이고 있기에 가능한 일이었다.

'흐흐흐! 플레인 백작이 아주 현명한 판단을 내렸군. 저 애송이 놈을 회유할 수 있다면 오늘 일이 아주 간단하게 끝날 것이다.'

딱 봐도 용자 아시엘에게는 로이스가 처음이자 마지막 보루와 같은 존재였다. 그런 로이스가 배신을 한다면 아시엘은 낙심하다 못해 전의를 상실할 것이고, 그런 그녀를 굴복시키는 것은 손바닥 뒤집기보다 쉬울 것이다.

일단 그렇게 되면 추후 로이스가 진실을 알고 날뛴다 해도 용자 아시엘은 이미 제거된 상태일 것이니 신경 쓸 문제가 아니었다.

그때 로이스에게 적당히 작위와 영지를 내리고 제법 예쁘장한 미녀 몇 명을 하사하면 조용해질 것이다. 그래도 불만을 가지면 제국의 강한 검사들에 의해 처참히 죽임을 당할 것이고 말이다.

스스스.

그사이 황녀 아이리스의 환영이 사라지고 이번에는 은빛의 신비로운 머리카락을 가진 여자가 나타났다. 푸른색의 하프를 들고 잔잔한 미소를 머금고 있는 그녀의 외모 또한 황녀 아이리스 못지않았다.

"보이시오? 지금 보이는 여성은 마탑의 천재 마법사 로디아요. 후후후, 어찌 사악한 마녀 아시엘 따위가 저 눈부신 미모에 비할 수 있겠소."

"음."

로이스는 침음을 흘렸다. 지금 보이는 여마법사 로디아도 보는 순간 숨이 막힐 정도였기 때문이다.

스스스.

그사이 또 다른 여자의 환영이 나타났다.

푸른색의 드래곤 모양이 양각된 방패를 한 손에 쥐고 다른 한 손으로는 금빛 검신의 한 손 검을 들고 있는 여기사.

그녀로부터는 아름다움과 강함이 공존하는 절대자의 풍

모가 느껴졌으니. 마치 신화 속에 등장하는 전투의 여신과도 같은 분위기였다.

"제국의 그랜드 마스터 루니우스 님이요."

"오!"

로이스가 다시 입을 쩍 벌렸다. 과연 황녀 아이리스나 마법사 로디아와 우열을 가리기 힘들 만큼 엄청난 미모였다.

스스스.

마지막으로 나타난 여자의 환영. 붉은 머리에 창백한 듯 하얀 피부를 가진 소녀. 그린 듯한 눈썹 아래 반짝이는 두 홍채가 꿈을 꾸는 듯 몽롱해 보였다.

"모습은 가냘파 보이지만 죽음의 어새신이라 불리는 스텔라요. 어디 있는지 종적은 찾기 힘들지만 그녀의 엄청난 미모는 제국을 진동시킨 지 오래라오."

"모두 예쁘군."

로이스는 그녀들이 충분히 아름답다는 것을 인정했다.

그러자 플레인 백작이 크게 웃으며 말했다.

"으하하핫! 어떠냐? 이런데도 고작 저 평범한 외모를 가진 마녀 아시엘의 용병 노릇이나 하며 지내겠느냐?"

플레인 백작은 말을 하면서도 약간 자조 어린 미소를 지었다.

'쯧, 내가 지금 무슨 짓을 하고 있는 건지 모르겠군. 현

혹 마법까지 동원해서 저 녀석을 속이고 있다니 말이야.'

로이스가 의외로 순진해 보여 적당히 구슬리려 한 것은 사실이다.

그러나 외모에 대한 기준은 상대적인 것.

평범한 외모라도 본인이 아름답다고 느낀다면 그걸 가지고 남이 뭐라 하겠는가.

플레인 백작 역시 자신의 부인을 아시엘보다 더 아름답다 생각하고 있으니 말이다. 다른 사람이 보기엔 아닐지라도 그게 무슨 상관인가.

하지만 마법사 비쿠스의 현혹 마법을 통해 가짜 증거까지 만들어 낸 지금은 그야말로 사기를 치는 것과 다름없었다.

그렇다고 여기서 이제 아니라고 말할 수도 없는 일.

'이 모든 것이 사르곤 제국과 황제 폐하를 위한 일. 그분을 위해서라면 내가 사기꾼이 된들 무슨 허물이 되겠느냐.'

플레인 백작은 좋은 게 좋은 것이라는 식으로 스스로를 합리화시키며 다시 빙긋 웃었다.

"로이스! 네가 원한다면 방금 봤던 사대 미녀들을 만날 수 있도록 내가 손을 써 보겠노라."

"그게 정말이야?"

"물론이다."

그러자 로이스는 뭔가 갈등하는 듯했다. 순간 성안에서 상황을 지켜보던 아시엘이 초조한 표정으로 외쳤다.

"로이스 님! 저들의 간계에 넘어가시면 안 돼요!"

스위니 역시 크게 외쳤다.

"저건 말도 안 되는 개소리예요. 제국의 어디에도 저들 같은 미녀가 있다는 소리는 들어 본 적 없다고요!"

그러자 비쿠스가 비아냥거리며 말했다.

"크흐흐, 아시엘 공주! 그대는 변방의 소국에만 처박혀 있었지 않았소? 사르곤 제국은 그대가 있던 루파인 왕국보다 백배는 더 넓은 곳이오. 그러니 그대와는 비할 수 없이 아름다운 미인들이 수두룩한 것은 당연한 일. 특히 사르곤 제국의 황궁에서는 시녀들도 그대보다 예쁘단 말이오."

"닥쳐라!"

아시엘은 분한 듯 호통을 질렀다. 그러나 그녀는 더 이상 그에 반박할 수 없었다.

사실 비쿠스의 말은 틀리지 않았다. 이곳에 오기 전까지 루파인 왕국을 한 번도 벗어난 적 없던 그녀로서는 사르곤 제국이라면 정말로 아까 비쿠스가 보여 줬던 환영 속의 여인들이 있을지도 모른다는 생각도 들었다.

그건 스위니 역시 마찬가지.

둘 다 세상 물정에는 극히 어둡다 보니 플레인 백작과 비쿠스가 자신들을 현혹 마법으로 속였다는 사실은 전혀 짐작도 못한 터였다.

그래서인지 아시엘 등은 더더욱 초조했다.

'그처럼 아름다운 여자들이 있을 줄이야. 내가 남자라도 반하고 말겠어.'

남자라면 누구라도 넘어갈 수밖에 없는 유혹이었다. 아시엘은 이렇게 어이없이 로이스를 사르곤 제국에 빼앗길지도 모른다는 생각에 통탄스러웠다.

그때 타르파의 안색도 침중하게 굳어 있었다.

'음! 뭔가 진실이 보일 것만 같은데, 아직은 아련하기만 하구나. 큰일이군. 로이스 님이 사르곤 제국의 편을 들게 되면 어찌해야 할까.'

진실을 보는 눈!

만약 전설이 말한 용자의 총사라면 상대가 지금 거짓말을 하는지 진실을 말하는지 충분히 간파해 용자에게 조언을 해 줄 수 있다.

그러나 아직 총사로서의 각성을 하지 못한 집사 상태의 타르파로서는 그것이 무리였다. 그저 미스토스를 이용해 성을 확장하거나 방어하는 정도가 최선일 뿐.

그러다 보니 타르파 역시 사르곤 제국에는 참으로 대단

한 미녀들이 많이 있다고 믿었고, 그로 인해 로이스의 마음이 흔들릴까 봐 심히 걱정이었던 것이다.

"로이스 님! 부디 의리를 저버리지 말아 주십시오!"

타르파는 간곡히 외쳤다. 미스토스 용병들도 불안한 눈빛으로 로이스를 바라보며 외쳤다.

"로이스 님!"

"부디 저희들을 버리지 말아 주십시오!"

그러자 로이스가 힐끗 고개를 돌려 성 쪽을 바라보고는 어이없다는 듯 픽 웃었다.

"다들 쓸데없는 걱정들을 하는군. 난 용자 아시엘의 용병이다. 아시엘이 날 배신하지 않는 한 내가 먼저 그녀를 배신할 일은 없어."

그 말에 아시엘 등의 안색이 환해졌다. 특히 아시엘은 로이스가 절대 거짓말을 하지 않는다는 사실을 잘 알고 있었다.

"로이스 님! 고마워요!"

"오오! 역시 로이스 님이십니다."

스위니와 타르파도 비로소 안심했다는 듯 한숨을 내쉬었다.

플레인 백작이 로이스를 노려봤다.

"지금 무슨 말을 하는 것이냐? 솔직히 말해 봐라. 네놈은 분명 아까 봤던 그 엄청난 미녀들을 만나고 싶어 하지 않았더냐?"

"그랬지. 그건 지금도 마찬가지야."

로이스가 솔직히 대답하자 플레인 백작이 다시 입가에 잔잔한 미소를 피워 냈다.

"그렇다면 당장 아시엘을 떠나 사르곤 제국의 황제 폐하께 충성을 맹세하도록 해라. 설마 그런 대단한 미녀들을 두고 저따위 평범한 외모를 지닌 아시엘에게 미련을 두는 건 아니겠지?"

순간 로이스가 싸늘히 웃었다.

"너희들은 뭔가 크게 착각하고 있구나."

"착각이라고?"

"아무래도 내가 저기 있는 아시엘이 예뻐서 그녀의 용병이 되었다고 생각하는 것 같아서 말이야."

물론 솔직히 그런 이유도 없지 않아 있긴 하다. 굳이 그런 것까지 말할 필요는 없겠지만. 플레인 백작이 코웃음 쳤다.

"설마 아니라는 것이냐?"

"그래. 당연히 아니야."

로이스는 두 눈을 힘을 주고 말했다. 플레인 백작과 비쿠스가 고개를 갸웃했다.

"그럼 무슨 다른 이유가 있는 것이냐? 대체 너와 같은 강한 능력을 가진 전사가 왜 이런 궁벽한 곳에서 용병 노릇이나 하고 있는지 그 이유를 말해 보라."

"그건 아시엘이 용자이기 때문이다."

"뭐? 용자?"

"그래. 난 용자인 그녀를 도와주고 싶어 용병이 됐을 뿐이야."

그러자 플레인 백작이 말도 안 된다는 듯 입을 비틀며 웃었다.

"큭! 거짓말 마라. 네놈은 필시 아시엘의 미모에 반해 그녀를 돕고 있을 것이 분명해."

"아니. 난 아시엘이 설사 못생겼다고 해도 그녀를 도왔을 거야. 그러니 더 이상 날 설득해 아시엘을 배신하게 만들 생각은 하지 마라."

아시엘이 못생겨도 도왔을 것이란 말에 플레인 백작은 일순 어처구니없다는 듯 멍한 표정을 지었다.

그와 달리 아시엘의 얼굴에는 한없는 감동의 표정이 피어났다.

'내가 못생겼어도 날 도왔을 거라고?'

그 말은 제아무리 여신급의 미녀들을 데려와 유혹을 한다 해도 아시엘을 배신하지 않겠다는 의미였다.

로이스는 미소녀 아시엘을 돕는 것이 아니라 용자로서의 아시엘을 돕는다고 했으니까.

아시엘은 결연한 눈빛으로 로이스를 쳐다봤다.

'고마워요, 로이스 님! 저 또한 무슨 일이 있어도 당신을 절대 배신하지 않을 거예요.'

그때 로이스는 배낭에서 뭔가를 꺼내더니 곧바로 입에 털어 넣었다.

벌컥! 벌컥!

물의 정령 퓨리가 만들어 준 회복약이었다. 덕분에 전신에 나 있던 상처들이 치료되며 피부도 금세 말끔하게 변했다.

"잠시 쉬었으니 다시 싸워 볼까?"

곧바로 로이스는 할버드를 앞으로 겨누며 크게 외쳤다.

"이번에는 각오하는 게 좋을 거야."

그러자 플레인 백작이 인상을 확 찌푸리더니 로이스를 잡아먹을 듯 노려봤다.

"어리석은 놈! 기어코 죽음을 자초하겠다는 것이냐? 이제 죽어도 나를 원망 마라. 그 재능이 아까워 살길을 열어 줬는데도 기를 쓰고 죽을 길로 들어선 것은 바로 네놈이니라."

검을 쥐고 로이스를 향해 걸어오는 플레인 백작의 전신

에서 폭풍 같은 기세가 뿜어져 나왔다.

아까와 비할 수 없이 섬뜩한 기세!

이는 플레인 백작이 로이스를 죽이기로 결심했기에 발생한 살기 때문이었다.

그러나 로이스는 눈 하나 깜빡하지 않았다.

"어리석은 건 바로 너희들이야. 아까도 말했지만 오늘 이곳에 온 사르곤 제국 놈들은 단 한 명도 돌아가지 못한다."

"으하하핫! 말로는 무슨 말을 못할까? 그 입을 그만 닥치게 해 주마."

푸른 오러 블레이드가 형성된 플레인 백작의 검이 전방을 향해 수직의 선을 그려 냈다.

콰아아아!

그야말로 눈 깜빡할 순간이었다. 로이스가 서 있던 공간이 두 쪽으로 갈라져 버렸다.

'이럴 수가! 피해?'

플레인 백작의 두 눈이 경악으로 물들었다. 아까와는 달리 지금 그는 전력을 다해 공격한 것이었다. 그런데 로이스가 그것을 피해 낼 줄이야.

물론 그 여파에 살짝 휩쓸려 로이스의 한쪽 어깨가 피범벅으로 변해 있긴 했다.

로이스는 인상을 살짝 찡그렸다.

'치잇! 역시 만만히 볼 자가 아니네.'

검이 날아오는 모습을 눈으로 뻔히 보면서도 쉽게 피하기 어려운 공격이었다. 본능적으로 피해 내긴 했지만 조금 상처를 입고 말았다.

"이번에는 내 차례다. 받아 봐라!"

로이스가 할버드를 휘둘렀다.

번쩍! 쒸에엑!

흑색의 오러로 휩싸인 할버드의 창날! 그것이 돌연 수십 개로 분화하며 전방을 향해 쇄도했다.

파파팟! 파파파팟—

스톰 크러시!

이는 지난번에 그림자 스승을 통해 새로 배운 기술이었다. 이것을 펼치면 미호가 대폭 소모되긴 하지만 할버드의 창날이 폭풍처럼 전방의 공간을 찢어 버리는 무서운 위력을 발휘하게 된다.

"이, 이런!"

갑자기 예상도 못한 기괴한 공격이 날아들자 플레인 백작은 깜짝 놀랐다. 그러나 그는 곧바로 오러 블레이드를 휘둘러 로이스의 공격을 침착하게 막아 냈다.

쾅! 콰쾅! 콰콰쾅!

귀를 찢는 듯한 폭음이 연속으로 울렸다. 놀랍게도 플레인 백작은 스톰 크러시의 모든 공격을 단 하나도 놓치지 않고 완벽하게 방어해 냈다.

다만 그의 안색이 약간 창백해진 것을 보면 방어 시 받은 충격에 내상을 입은 것이 분명했다.

그것은 로이스 역시 마찬가지.

로이스의 입가에서 실처럼 가느다란 피가 흘러내렸다. 그것을 본 플레인 백작의 눈빛이 사납게 번뜩였다.

"이놈! 오늘 끝장을 보자!"

짙푸른 오러 블레이드가 다시 날아들었다.

Chapter 7
계약의 두루마리

휙! 휘휙!

아까처럼 한 번에 전력을 다한 일격을 날린 것이 아니라 다시 검술을 이용해 로이스를 노련하게 몰아붙이는 공격!

이는 마나 소모를 가능한 줄이기 위함이었다.

쾅! 콰쾅!

로이스는 당황하지 않고 할버드를 휘둘러 플레인 백작의 공격을 막았다.

콰쾅! 콰콰쾅!

"으윽!"

그 순간 신음을 흘리며 뒤로 물러난 이는 플레인 백작이었다. 알 수 없는 매서운 기운이 그의 복부를 강타했다. 큰 부상은 아니지만 이런 식이라면 결국 낭패를 면치 못할 것이다.

그는 로이스가 들고 있는 할버드를 잡아먹을 듯 노려봤다.

'으! 저 빌어먹을 마도구 때문에 내 꼴이 말이 아니로군.'

그는 이미 로이스가 괴상한 반격을 펼친다는 것을 알고 있다. 따라서 반격이 불가능한 공격으로 단번에 로이스를 죽여 버리려 했지만, 그 또한 통하지 않으니 미칠 지경이었다.

쾅! 콰쾅! 콰콰쾅!

그사이에도 둘의 격돌은 계속 이어졌다. 그리고 시간이 갈수록 플레인 백작은 뒤로 밀려났다. 로이스는 처음과 다를 바 없는 빠른 움직임을 보이는 데 반해, 플레인 백작은 조금씩 힘에 부치는지 숨을 몰아쉬었다.

"헉! 헉! 네놈은 지치지도 않느냐? 정말 징그러운 놈이로구나. 대체 네놈은 어디서 튀어나온 것이냐? 인간이 맞느냐?"

플레인 백작은 로이스를 보며 혀를 내둘렀다. 로이스는 싸늘히 웃었다.

"그런 건 알 필요 없어. 이제 그만 죽어라."

로이스의 할버드가 전방을 힘차게 갈랐다. 이번에는 빈틈을 노려 회심의 일격을 날린 것이라 플레인 백작의 목이 날아갈 것을 의심치 않았다.

츠츠츳!

그러나 그 순간 전혀 예상치 못한 일이 벌어졌다. 갑자기 전방에 기괴한 막이 생겨나 로이스의 할버드를 가로막은 것이다.

콰앙!

할버드가 후려치자 막은 단번에 산산이 부서져 흩어져 버렸다.

“저럴 수가! 그레이트 실드를 단번에 깨뜨리다니. 정말 무서운 놈이로군.”

다름 아닌 마법사 비쿠스였다. 플레인 백작이 위기에 처하자 잽싸게 마법을 펼쳐 그를 보호한 것이다.

“뭣들 하느냐? 어서 저놈을 공격해라. 전력을 다해 없애 버려야 한다.”

“예, 비쿠스 님.”

곧바로 마법사들이 로이스를 향해 스태프를 내밀었다. 그들이 뭐라 주문을 외우는 순간 각각의 스태프에서 가지각색의 빛들이 생성되어 로이스를 향해 날아왔다.

번쩍! 츠츠츠츳!

파지지직!

화르르르!

전격 마법과 화염 마법, 그리고 냉기 마법까지! 전투 마법사들이 쏟아부은 가공할 위력의 공격 마법들이 일제히 로이스의 몸에 작렬했다.

콰아앙! 파지지직! 활활활!

"크으윽!"

로이스가 뒤로 날아갔다. 신체의 일부는 시퍼렇게 얼어붙었고 한쪽은 시커먼 숯덩이처럼 변한 상태. 또한 얼굴의 피부가 녹아 버려 마치 괴물처럼 보였다.

"젠장! 또 마법이냐?"

그럼에도 불구하고 로이스는 죽지 않았다. 넘어진 즉시 벌떡 일어나 마법사들을 잡아먹을 듯 노려봤다.

"흐흐! 애송이 놈! 죽어랏!"

순간 마법사들의 지원 공격에 틈을 얻은 플레인 백작이 번개처럼 날아와 로이스의 가슴에 검을 꽂아 넣었다.

푸확!

"크윽!"

로이스가 다시 뒤로 물러나며 비틀거렸다. 플레인 백작의 얼굴에는 다시금 경탄의 표정이 피어났다.

"놀랍구나. 그 와중에도 심장을 피하다니! 하나 그래 봤자 네놈은 어차피 죽은 몸이다."

플레인 백작은 여유롭게 웃으며 말했다. 이는 로이스가 부상을 입었을 뿐만 아니라 그의 손에서 할버드가 사라졌기 때문이었다.

아까 마법 공격이 집중되었을 때 비쿠스가 로이스의 할버드를 멀리 날려 버렸기 때문이었다. 비쿠스가 음침하게 웃었다.

"흐흐흐, 마도구가 사라진 이상 그놈은 이빨 빠진 호랑이에 불과합니다. 이제 처분은 플레인 백작님께 맡기겠습니다."

"으하하핫! 고맙군. 그대 마법사들 덕분에 위기를 모면했다."

플레인 백작은 입은 웃었지만 눈은 웃고 있지 않았다. 명색이 소드 마스터로서 정체불명의 애송이 소년 하나 이기지 못하고 마법사들의 도움을 받았으니 체면이 말이 아니었던 것이다.

"로이스! 내 너를 죽여 감히 제국에 대항하는 것이 얼마나 무모하고 어리석은 일인지 저 사악한 마녀 용자에게 알게 하겠다."

플레인 백작은 검을 번쩍 쳐든 채 로이스를 향해 걸어갔다. 그 순간 맨주먹을 불끈 쥔 채 서 있는 로이스의 입가에 싸늘한 조소가 피어났다.

츠츠츠츠!

그와 함께 로이스의 전신에서 발산되는 엄청난 기세!

"젠장! 웬만하면 무식한 짓은 하고 싶지 않았는데 이렇게 된 이상 어쩔 수 없군."

"지금 뭐라 말하는 거냐?"

"뭐라 말하긴? 바로 이거라는 거지."

대체 언제 날아들었을까? 로이스의 주먹이 플레인 백작의 복부에 꽂혔다.

퍼억—

그것이 끝이었다. 플레인 백작은 입을 쩍 벌리고 두 눈을 부릅뜬 채 뒤로 날아가 처박혔다. 잠시 부르르 떨던 그의 몸은 이내 축 늘어졌다.

죽은 것일까? 아니면 기절한 것일까?

물론 로이스에게 있어 그것은 관심 밖이었다. 놈이 죽든지 말든지. 지금은 저 망할 마법사들을 해치우는 것이 급선무였기 때문이다.

이에 기겁한 비쿠스가 다급히 외쳤다.

"어서 공격해라! 저놈이 절대 접근하게 하면 안 된다!"

그의 말이 끝나기도 전에 마법사들이 일제히 공격 마법을 날렸다. 그들 역시 이 심상치 않은 상황을 눈치챘기 때문에 잽싸게 선공을 가한 것이다.

화르르르! 쿠콰콰쾅!

파지지지직!

로이스의 몸이 다시 화염과 뇌전에 휩싸였다.

"으으으윽!"

뒤로 멀리 나가떨어졌다가 다시 벌떡 일어선 로이스의 전신은 마치 괴물처럼 형체를 알아볼 수도 없었다. 그러나 두 홍채에서 번뜩이는 안광은 실로 섬뜩하기 이를 데 없었다.

"다 죽인다!"

로이스는 훌쩍 도약해 바닥으로 착지했다. 마치 순간 이동이라도 한 듯 번쩍 마법사들의 한복판으로 뛰어든 것이다.

퍽! 퍼퍽!

눈 깜짝할 사이에 마법사 두 명의 머리가 박살 났다.

"으으! 피, 피해라! 아악!"

"크아아악!"

이에 기겁해 사방으로 흩어지는 마법사들. 그러나 로이스는 마치 돌풍처럼 휘돌며 그들을 후려쳤다.

퍽! 퍼퍼퍽!

"쿠아아악!"

"아아악!"

유사시를 대비해 강력한 실드의 방어막을 두르고 있었지만 그런 건 소용없었다. 로이스의 주먹 앞에서 실드는 너무 무력했다.

"으! 저럴 수가! 저놈이 정말 인간이란 말인가?"

마법사들이 전멸했다. 블링크 마법을 써서 멀리 이동한 비쿠스만 간신히 살아남은 상태.

"뭐, 뭣들 하시오? 그대들은 마법사들이 공격당하는데 보고만 있을 것이오?"

비쿠스의 외침에 플레인 백작의 부하들을 포함한 사르곤 제국의 정예 무사들이 비로소 로이스를 향해 돌진해 왔다.

"저놈을 공격하라!"

"비쿠스 님을 보호하라!"

"플레인 백작님의 상세를 살피라!"

워낙 급작스럽게 벌어진 일이다 보니 전장에서 적지 않은 경험을 쌓은 노련한 무장들조차 혼란에 빠진 터였다. 그러나 그들은 이내 로이스를 향해 공격 대형을 갖추었다.

상대는 하나뿐.

그들은 로이스가 아무리 강하다 해도 혼자서 자신들 수백을 당해 내지는 못할 것이라 확신했다.

그러나 그것은 그야말로 그들의 착각이었으니.

퍽! 퍽! 퍼퍼퍼퍽!

"커, 커어억!"

"크아아악!"

그 누구든 로이스의 주먹에 스치는 순간 한 방을 버티지 못하고 그대로 쓰러져 버렸다. 모두들 마치 그 자리에 서서 로이스의 주먹을 기다리고 있다가 차례로 쓰러지는 것처럼 보일 정도였다.

"으으! 피, 피해라!"

"저놈은 인간이 아니다!"

"아, 악마가 분명해!"

급기야 그 어떤 전투에서도 뒤로 물러섬이 없던 용맹한 기사들조차 공포에 질려 버렸다. 말 그대로 혼비백산하여 사방으로 흩어지기 시작했다.

비쿠스가 창백하게 질린 얼굴로 몸을 떨었다.

'이대로라면 전멸이다. 어쩔 수 없어. 지금 살길은 오직 그것뿐이야.'

그는 다급히 품 안에서 뭔가를 꺼내 들었다. 검붉은 빛이 감도는 한 장의 두루마리였다. 한눈에 봐도 뭔가 심상치 않은 기운이 느껴지는 물건이었다.

'스승님께서는 최악의 상황에서만 펼치라 이것을 주셨다. 한데 설마 정말로 쓰게 될 줄은 몰랐구나. 모든 건 바로 저놈 때문이다. 크큭! 이제 네놈은 절대 살 수 없을 것이다.'

비쿠스는 멀리서 자신을 향해 달려오고 있는 로이스를 노려보더니 지체 없이 두루마리를 찢었다.

"어둠의 군주에게 분노를 받아 영벌의 고통 속에서 잠든 이여! 이제 그만 눈을 뜨고 깨어나시오!"

순간 두루마리가 시커먼 빛에 휩싸이더니 마치 유리구슬이 깨지듯 산산조각 났다. 동시에 그 조각난 어둠의 파편들이 사방으로 흩어지며 암흑의 공간을 만들어 냈다.

갑자기 시간이 정지된 듯 사방이 고요해졌다.

그러다 이내 다시 그 정적이 깨어지며 우레와 같은 소리가 사방을 울렸다.

콰르르릉!

그사이 크게 확장된 어둠의 공간에서 뭔가가 일어서고 있었다.

"쿠으으으으으으!"

마치 지옥에서나 들어볼 법한 악귀의 신음 소리.

"쿠으으으! 누가 감히 나를 깨우는가?"

거대한 괴수였다. 전신에 바늘과 같은 털들이 박혀 있었는데 언뜻 보면 거대한 원숭이를 연상케 했다.

그것을 보며 비쿠스가 몸을 떨었다. 희열과 공포가 뒤섞인 표정.

"영벌의 감옥에 봉인된 이여! 이제 그대를 묶고 있는 징벌의 봉인은 해제되었소."

"나의 봉인이 해제되었다고?"

괴수가 비쿠스를 노려봤다. 어둠 속에서 타오르는 듯한 핏빛의 홍채를 마주한 순간 비쿠스는 숨 막히는 공포를 느꼈다. 그는 가까스로 기운을 짜내 외쳤다.

"그러하오. 이제 그대는 저 앞에 있는 녀석을 해치워야 하오! 그리하면 그대는 어둠의 군주께 용서받게 될 것이오."

전설로만 듣던 저주받은 존재! 그는 고대에 어둠의 군주에게 큰 죄를 짓고 봉인되었었다. 비쿠스는 그 봉인을 풀어낸 것으로 이에는 두루마리에 깃든 특별한 계약의 힘이 작용한 것이었다.

"쿠아아아아아!"

순간 괴수가 크게 포효했다. 그러고는 비쿠스를 노려보며 물었다.

"로드께서 나를 불쌍히 여겨 계약의 두루마리 속으로 봉인하셨다는 말인가. 한데 그것을 한낱 인간 따위에게 맡기시다니 이해할 수 없구나."

"자세한 건 난 모르오. 그대는 어서 계약의 조건을 이행하시오. 그러면 그대의 로드가 그대를 다시 불러들일 것이오."

"쿠쿠쿡! 그것은 염려 마라, 인간."

괴수가 비릿한 미소를 흘리며 로이스를 노려봤다.

한편 로이스는 여전히 형체를 분간하기 힘들 만큼 뭉개진 상태였다. 마법사들은 죽었지만 그전에 그들의 마법에 맞아 피부가 녹아 버렸기 때문이었다.

그러나 어디 이런 적이 한두 번이었던가.

마족과 싸울 때는 이보다 더하면 더했지 덜하지 않았다.

어차피 릴리아나에게 돌아가면 완벽하게 회복될 것이다.

혹은 마족과 같은 강력한 녀석을 해치워 레벨이 상승해도 회복될 수 있다.

그런데 뜻밖에도 지금 앞에 그 같은 녀석이 나타난 것이었다.

"네놈은 마족? 후후, 잘 만났다."

로이스는 싸늘히 웃었다. 보통의 인간이라면 상대가 마족임을 알게 된 순간 기겁하며 공포에 질리는 게 정상이겠지만, 로이스로서는 이게 대체 웬 기회인가 싶었다.

그러자 마족 란델은 잠시 기막힌 듯 고개를 갸웃했다. 금방이라도 쓰러질 것 같은 만신창이 상태의 인간이 자신을 보며 마치 사냥감이라도 발견한 듯 기뻐하는 기색을 보였기 때문이다.

"쿠쿠쿡! 공포에 질려 미친 것인가? 하긴 그것이 네놈에겐 나을지도 모르겠군. 죽여 주마!"

란델의 눈빛은 희열로 가득했다.

오래전 그는 그가 로드라 부르는 존재에게 큰 죄를 지었다. 그로 인해 로드의 분노를 받아 징벌의 감옥에 영구 봉인되게 되었다.

보통 그렇게 봉인된 이들은 대부분 영원히 잠들게 되며 두 번 다시 풀려나지 못한다.

다만, 아주 특별한 경우에 한해 풀려나는 경우가 있는데 지금이 바로 그런 경우였다. 계약의 두루마리를 가진 자가 원하는 임무를 한 가지만 수행하면 되는 것이다. 그러다 보니 그 조건은 무척이나 까다로운 것일 수밖에 없었다. 그런데 그가 볼 때 지금의 임무는 너무 간단한 것이었다.

그는 비쿠스를 향해 외쳤다.

"쿠쿠쿡! 고작 저 인간 하나를 위해 나의 힘을 사용하다니 실로 어리석구나. 다시 묻겠다. 네가 원하는 건 저 인간의 죽음뿐인가?"

"……!"

비쿠스는 잠시 침묵했다. 그러고는 힐끗 고개를 돌려 이 상황을 경악하며 바라보고 있는 이들을 쳐다보았다.

플레인 백작의 기사들과 야이젠 남작을 비롯한 흑기병 부대, 기타 사르곤 제국의 병사들을 합해 대략 200여 명의 무사들이 아직 생존해 있는 상태.

그들로서는 지금 비쿠스가 소환한 정체불명의 괴수가 대체 무엇인지 도무지 알 수 없었던 것이다.

확실한 건 그 누가 봐도 매우 사악하고 무서운 존재라는 것!

그러다 보니 그들 모두의 표정은 혼란으로 가득했다.

비쿠스는 그들을 차갑게 노려보며 생각했다.

'이렇게 된 이상 저놈들도 살려 둘 수 없다. 스승님께서

이 두루마리에 관한 건 그 누구도 알지 못하게 하라 하셨으니 말이야.'

곧바로 그는 란델을 향해 다시 외쳤다.

"흐흐흐, 이곳에서 나를 제외한 모든 이들의 전멸을 원하오. 그것이 내가 원하는 조건이오."

그러자 란델은 그럴 줄 알았다는 듯 흡족한 미소를 지었다.

"쿠쿠쿠쿡! 좋다. 그 정도 피는 뿌려 줘야 나의 위신이 떨어지지 않겠지. 이제 너를 제외한 모두가 죽을 것이다. 저 성안에 있는 녀석들까지 모두!"

"흐흐흐! 어서 그렇게 해 주시오!"

음침하게 웃는 비쿠스의 얼굴은 마치 악마와도 같았다.

그 순간 그들의 대화를 듣고 있던 사르곤 제국의 인물들이 대경실색하며 놀랐다.

"무엇이! 우리까지 다 죽인다고?"

"지금 무슨 말을 하는 것이냐?"

"으득! 절대 네놈 뜻대로는 되지 못할 것이다! 먼저 네놈부터 죽여 주마."

그들은 일제히 무기를 겨누고 비쿠스를 죽이려 했다. 그러자 란델이 한 손을 슥 휘저으며 말했다.

"너희들은 잠시 그곳에서 기다리고 있거라. 우선 저놈을 죽인 후 한 놈 한 놈 물고기 배를 따듯 뱃가죽을 터뜨려 죽여 줄 테니 말이야. 크카카카카캇!"

순간 시커먼 구름이 일어나 사르곤 제국의 인물들을 휘감았다. 어둠의 결계였다. 그들은 그 안에 갇혀 꼼짝도 하지 못했다.

그런데 그때였다. 멀리서 그 상황을 지켜보고 있던 로이스가 어느새 란델의 지척까지 접근해 말했다.

"나를 앞두고 딴전을 피우고 있다니 멍청한 놈이군."

"딴전이라? 너 따위 놈이 내게 그런 말을 할 만큼 대단한 존재인 것인가?"

란델은 물론 로이스가 자신을 향해 접근해 오고 있음을 알고 있었지만, 그것이 자신에게 별다른 위협이 되지 않을 거라는 생각에 내버려 두었다. 오히려 스스로 죽을 길을 찾아 불나방처럼 덤벼든 것이니 그로서는 반길 일인 것이다.

그러나 그것은 그에게 실로 불행한 선택이었으니.

로이스에게 그나마 저항 한 번 해 볼 만한 기회조차 사라진 것임을 그가 어찌 상상이나 할 수가 있겠는가.

물론 저항을 한다 해서 결과가 달라지지는 않았겠지만, 그래도 최소한 억울하지는 않을 것을.

퍽!

로이스의 주먹이 란델의 안면을 힘껏 강타했다. 그 순간 란델의 안면 일부가 그대로 함몰되어 버렸다.

우직!

란델은 분명 로이스의 공격을 피하려 했다. 아니 막으려 했다. 그러나 주먹이 날아오는 속도는 그의 반응 속도보다 훨씬 빨랐다. 또한 그 위력은 그로서는 상상도 해 본 적 없을 만큼 엄청났다.

퍽퍽!

연거푸 다시 날아든 로이스의 주먹에 그의 안면이 형체도 없이 사라져 버렸다.

지금 대체 무슨 일이 벌어진 것인가?

그러나 지금 그게 문제가 아니었다.

머리가 사라진 상태지만 란델은 아직 죽지 않았다. 마족인 그는 심장이 부서지지 않는 한 다른 신체의 모든 것은 먼지로 변해도 금세 복원할 수 있기 때문이다.

따라서 그는 잽싸게 심장을 보호하며 뒤쪽으로 피했다.

스스스스.

뒤로 물러나는 그의 몸이 점점 커지더니 급기야 본래보다 신장이 3배는 더 거대하게 변했다.

"쿠아아아아아아! 죽여 버리겠다!"

어느새 사라진 머리도 모두 복원된 상태. 그는 분노의 포효를 날리며 로이스를 공격하려 했지만, 그사이 따라붙은 로이스의 공격이 다시 그의 안면을 강타해 버렸다.

퍽퍽퍽퍽!

또다시 안면이 날아갔다. 그에 이어 로이스의 주먹이 란델의 가슴을 박살 냈고 연이어 심장까지 부숴 버렸다.

콰아아앙!

마기의 근원이 뭉쳐 있던 곳이 박살 나며 내는 굉음에 사방이 흔들렸다. 그것이 끝이었다.

[미스토스의 은총이 당신의 노력에 대한 보상을 줍니다.]

[당신의 레벨이 올랐습니다.]

[전투력이 상승했습니다.]

[최대 맷집과 최대 미흐가 증가합니다.]

이름 [로이스]

레벨 [41]

칭호 [마물 학살자]

신분 [미스토스 기사]

맷집 4870/4870

미흐 3910/3910

"생각보다 약한 녀석이었군."

란델은 얼마 전 상대했던 파르두스에 비하면 그 절반의 전투력에도 미치지 못했다.

그래도 덕분에 레벨이 1단계 상승해 41이 되었다. 동시에 만신창이 상태였던 로이스의 모습이 본래 대로 말끔하게 복원되었다.

다만 아까 마법사들의 마법에 맞아 옷은 모두 녹아 버린 상태라 나신이 훤하게 드러났다.

'이런! 또 옷이 없네.'

매번 치열한 전투를 벌이고 나면 옷이 없어져 버리니 문제는 문제다.

"로드! 여기 있습니다요!"

그런데 언제 나왔는지 라크아쓰가 은빛의 옷을 로이스에게 내밀었다. 전투력은 별로지만 확실히 눈치 하나는 기막혔다.

"때맞춰 잘 왔다."

로이스는 흡족한 미소를 지으며 라크아쓰가 내민 옷을 잽싸게 입었다. 그러고는 힐끗 고개를 돌려 마법사 비쿠스를 노려봤다.

"허억!"

그제야 비쿠스는 정신이 들었다. 아니 아직 완전히 정신이 들었다 할 수 있을 만큼 온전한 상태는 아니었다.

대체 지금 무슨 일이 벌어진 것인가?

고대의 계약으로 인해 봉인되었던 그 저주받은 존재인 마족을 소환했는데, 그것이 로이스에게 제대로 힘도 써 보지 못하고 무력하게 당하고 말다니!

하도 기막힌 광경에 로이스가 마족을 해치운 후 새 옷을 입고 있는데도 멀뚱히 쳐다보고 있었던 것이다.

그러다 로이스의 차가운 눈빛이 그를 노려보는 순간 기겁하며 정신을 차렸다.

'도망가야 해. 어서 나칸 님께 이 사실을 알려야 한다.'

그 즉시 비쿠스는 공간 이동의 주문을 외웠다.

츠츠츠.

그의 몸 주위로 찬란한 빛의 마법진이 나타났다. 이제야 비로소 안심한 그는 로이스를 잡아먹을 듯 노려보며 말했다.

"으득! 오늘은 어쩔 수 없이 돌아간다만 다음번엔……"

비쿠스의 말은 끝나지 못했다. 로이스가 집어 던진 할버드가 그의 몸을 그대로 뚫고 지나가 버린 것이다.

푸확!

"쿠아아악!"

거의 완성 직전이었던 공간 이동 마법진이 그대로 흩어져 사라졌고 비쿠스는 즉사했다.

스윽.

로이스는 할버드를 주워 들고는 바닥에 널브러진 비쿠스의 시체를 차갑게 노려봤다.

"다음번은 없다."

분명 경고했다. 단 한 명도 돌아가지 못한다고. 만약 도망갔다면 세상 끝까지라도 추격해 반드시 죽였을 것이다.

로이스의 시선이 흑색의 결계 쪽으로 향했다.

스스스스.

마족 란델이 쓰러진 순간 결계를 지탱하고 있던 마기도 사라지며 구름이 흐려진 상태였다.

그로 인해 그 안에 갇혀 있던 사르곤 제국 인물들의 모습도 드러났다.

"으으!"

"사, 살려 주십시오!"

"제발 자비를!"

결계 안에서도 밖에서 무슨 일이 벌어졌는지는 확연히 볼 수 있었다. 그들은 로이스가 그 무시무시한 존재를 무슨 하급 몬스터 해치우듯 가볍게 죽여 버린 경악할 만한 광경을 목도했다. 또한 공간 이동 마법진을 펼쳐 도주하려던 마법사 비쿠스를 죽인 것도 말이다.

그뿐인가? 그들이 그토록 추앙하던 제국 북부 세베르 영지의 영웅인 소드 마스터 플레인 백작 또한 로이스에게 맞아 의식 불명의 상태였다. 그러다 보니 그들에게 있어 로이스는 감히 대적할 수 없는 절대 포식자와 같은 두려움을 주었다.

"제발 살려 주십시오!"

"두 번 다시 이쪽으로는 얼씬도 하지 않겠습니다!"

기사로서의 명예, 제국의 병사로서의 자존심 따위는 지금 내세울 때가 아니었다. 소드 마스터가 죽고 마도사급 마법사도 무참히 당했다. 심지어 그 무시무시하던 마족까지 단번에 죽임을 당한 마당에 지금 무엇이 중요하단 말인가.

그러나 로이스의 표정은 싸늘하기만 했다.

"난 분명 두 번의 용서는 없다고 경고했다. 너희 중 단 한 명도 살아서 여길 떠나지 못한다."

그래도 인간이다 보니 몬스터들과 달리 말이 통할 거라 생각해 살려 주었다. 그런데 그 은혜도 모르고 다시 나타나다니.

"로이스 님! 잠깐만요!"

그런데 그때 아시엘이 다급히 달려와 로이스를 불렀다.

"응?"

"그들을 굳이 죽일 필요는 없어요."

"살려 주면 이놈들은 분명 다시 나타날 거야."

"알고 있어요. 사르곤 제국의 황제는 쉽게 포기하지 않을 거예요."

"그런데도 풀어 주라는 거야?"

로이스가 못마땅한 표정을 짓자 이번에는 스위니가 다가와 말했다.

"물론 풀어 줄 생각은 없어요. 모두 감옥에 가둬 둘 생각이죠."

"포로로 만들 생각이야?"

"앞으로도 사르곤 제국에서는 계속 전쟁을 걸어 올 것이 분명해요. 포로를 확보하고 있으면 분명 유용할 때가 있을 거예요."

그러자 로이스는 고개를 끄덕였다. 아시엘과 스위니 역시 이들을 호락호락하게 풀어 줄 생각은 없는 것이 분명했다.

"그럼 이 녀석들은 너희들이 알아서 해."

"네, 고마워요."

곧바로 스위니를 따라 나온 미스토스 용병들이 사르곤 제국의 인물들을 둘러쌌다.

"모두 무기를 버려라! 무장을 해제해라."

"순순히 포박을 받아라."

"저항하는 녀석들은 죽을 것이다!"

사르곤 제국의 인물들이 즉시 무장을 해제했다. 그러고는 하나씩 줄을 지어 아스피스 성안으로 들어갔다.

Chapter 8
죽음의 충성 맹약

그렇게 미스토스 용병들이 포로들을 성안으로 인솔하고 있는 사이 아시엘이 로이스를 향해 다가왔다.

"로이스 님! 오늘도 무척 멋졌어요."

"멋지긴. 그럴 리가 없어."

로이스는 돌연 시무룩한 표정을 지었다. 아시엘이 고개를 갸웃했다.

"그럴 리가 없다니, 그게 무슨 뜻이죠?"

"그냥 그런 게 있어. 아무튼 별로 멋지지 않은 건 확실해."

"아니에요. 로이스 님이 얼마나 멋졌는데요."

그녀는 로이스가 맨주먹으로 적들을 쓰러뜨린 것에 무척이나 상심해 있음을 짐작도 못했다.

사실 맨손이건 무기를 들건 무슨 상관인가?

적을 이기면 무조건 멋진 것인데 로이스는 친구 라개드의 말을 철석같이 믿고 있으니 문제였다.

'젠장! 오늘도 무식한 짓을 하고 말았어. 하지만 다음번엔 절대 무기를 놓치지 않을 거야.'

로이스는 속으로 생각했다.

'아무래도 할버드보다는 다른 무기가 좋을지도 몰라.'

사실 로이스가 할버드와 같은 장병기를 사용하게 된 것은 체란산에서 떠날 때 라개드가 그것을 건네줬기 때문이었다. 어쩌다 보니 계속해서 같은 무기를 사용하게 된 것이다.

그러나 플레인 백작과 같은 노련한 검사와 전투를 벌일 때는 여러모로 할버드가 불편한 점이 많았다.

'나도 검을 사용해 볼까?'

그 생각을 한 즉시 로이스는 사르곤 제국의 무사들이 내려놓은 무기들을 훑어보고는 그중에서 제법 그럴듯해 보이는 검 한 자루를 쥐어 들었다.

"이건 내가 가져도 되겠지?"

"물론이죠. 뭐든 로이스 님이 원하시면 다 가지세요. 그건 모두 로이스 님이 획득한 전리품이거든요."

아시엘은 당연하다는 듯 대답했다. 로이스는 미소 지었다.

"후후, 이것만 있으면 돼. 다른 건 필요 없어."

그런 로이스를 바라보는 아시엘의 눈빛이 따스했다.

"아까 끝까지 의리를 지켜 주셔서 정말 감동했어요."

"그야 당연하지. 날 믿어. 널 절대 배신하지 않을 테니까."

"고마워요, 로이스 님."

아시엘은 로이스의 믿음직스러운 대답에 다시 감동했는지 환한 미소가 가득했다.

그때 로이스는 아스피스 성으로 들어가려다 돌연 한쪽을 슥 쳐다봤다.

'저것은?'

아까 마족 란델을 해치운 자리에 뭔가가 움직이고 있었다.

꾸물꾸물.

'저게 뭐지?'

그동안에는 마족을 해치우면 그 자리에 봉인된 마력의 구슬이 나타났었다. 안 그래도 이번에는 그것이 보이지 않아 이상하다는 생각을 하고 있었는데.

설마 죽지 않은 것일까? 그것은 아니었다.

[임무] 미스토스 상급 기사의 자격
—마족을 처치한다. 5/10

란델을 쓰러뜨린 순간 이 같은 글자들도 나타났기 때문이다. 이로써 도합 5명의 마족을 해치운 것으로, 앞으로 5명만 더 해치우면 미스토스 상급 기사가 될 수 있을 것이다.

따라서 마족 란델은 죽은 것이 확실하다.

그렇다면 대체 저것은 무엇일까?

더구나 그로부터는 미약하지만 마기도 느껴졌다. 로이스는 심상치 않다는 생각에 다급히 외쳤다.

"다들 빨리 성안으로 들어가. 난 저걸 살펴보고 들어갈게."

"알았어요."

아시엘 또한 조심하는 게 좋다는 생각에 즉시 성안으로 들어갔다. 미스토스 용병들은 성안으로 들어가는 즉시 서둘러 포로들을 아스피스 성의 지하 감옥으로 이동시켰다.

스읏.

로이스는 할버드를 꽉 쥔 채 마족 란델이 쓰러졌던 장소로 걸어갔다.

꾸물꾸물.

그곳에는 검붉은 색의 점액질이 마치 애벌레처럼 꿈틀대고 있었는데, 그것은 점차 다른 형상으로 화했다.

쑥쑥.

몸통에서 팔이 나오고 머리가 튀어나왔다. 게다가 꼬리까지!

이 무슨 기괴한 일인가?

로이스는 신기한 듯 잠시 그것을 지켜봤다. 어차피 죽이는 거야 언제든 할 수 있으니 과연 이것의 정체가 무엇인지 알고 싶었던 것이다.

쑥쑥! 슥슥! 촤악! 촤악!

그러다 최종으로 완성된 형상은 황금빛의 멋들어진 털을 가진 건장한 체격의 원숭이!

"쿠오오오오오!"

원숭이는 크게 포효했다.

'이 녀석은?'

틀림없었다. 로이스가 해치웠던 원숭이 형상의 그 마족이었다.

마기의 근원인 심장을 부숴 버렸는데 어떻게 부활한 것인가?

다만 아까에 비해 그 체구가 작아져 신장이 2로빗 정도였다. 몸에서 풍겨 나는 미약한 마기가 아니라면 그저 덩치 큰 원숭이 같았다.

로이스는 픽 웃었다.

"제법 특이한 능력을 가지고 있군. 하지만 이번엔 절대 살아나지 못하게 완전히 뭉개 주마."

로이스는 그 말과 함께 당장이라도 할버드를 내리칠 듯 번쩍 쳐들었다. 그러자 란델이 흠칫하더니 몸을 세차게 떨었다. 그는 로이스를 향해 그대로 엎드렸다.

"자, 잠깐! 사, 살려 줘."

로이스는 어이가 없었다. 마족의 입에서 설마 살려 달라는 말이 나올 줄은 몰랐다.

"너 같은 사악한 마족 녀석을 어떻게 믿고 살려 주라는 거냐?"

"나는 계약의 두루마리를 가진 자의 조건을 이행하지 못했다. 그것은 나의 로드이신 마왕 크리움 님께 용서받을 수 있는 유일한 길이었는데 이제는 너로 인해 불가능해졌다."

"마왕 크리움?"

"그렇다."

마왕 데세오에 이어 또 다른 마왕의 등장이었다. 물론 지금 눈앞에 있는 것이 아니라 이 괴상한 원숭이 마족 녀석의 로드로서 그 존재를 알게 된 것이었다.

대체 이 세상에는 마왕이 몇 명이나 존재하는 것일까?

로이스로서는 알 수 없었다. 어쩌면 생각보다 엄청나게 많을지도 모른다.

하긴 마왕들 중의 대왕이라는 대마왕 불칸도 있다 했으니 오죽할까?

물론 로이스는 하나도 겁나지 않았다. 할버드를 쥔 손에 힘을 꽉 주었다.

'기다려라! 언젠가 모조리 다 죽여 주마.'

로이스는 앞으로 더욱 강해져 마왕들을 모조리 쓸어버릴 생각이었다. 그것은 마왕들의 하수인인 마족들도 마찬가지다.

따라서 이 앞의 원숭이 마족 녀석도 죽여야 한다. 비록 이제는 한낱 마물 정도로 보일 만큼 그 마기가 극히 미약해졌지만 말이다.

그러나 란델은 필사적이었다.

"너는 나를 이긴 강자. 너라면 나의 새로운 로드가 될 자격이 있다."

로이스는 냉소했다.

"난 너처럼 약한 녀석을 부하로 받아들일 생각은 없어."

출신이 마족이라는 것을 떠나서 지금처럼 미약한 마기를

가진 상태라면 고작 라크아쓰 정도의 전투력을 발휘할 뿐이다.

그렇지 않아도 부하라고 하나 있는 녀석이 너무 약해서 어디 가서 말하기도 창피할 지경이 아닌가. 그나마 옷이라도 잘 만드니 데리고 있는 것이지, 그렇지 않았다면 진작 내쫓아 버렸을 것이다.

이런 와중에 란델과 같은 약한 마족을 부하로 들여서 어디에 써먹겠는가.

또한 충성심도 믿을 수 없다.

사악하기 이를 데 없는 마족 녀석이 언제 뒤통수를 때리고 배신을 할지 알 수 없는 일.

쓸데없이 후환을 만드느니 지금 제거해 버리는 것이 현명하리라.

그렇게 로이스가 단호하게 거절을 하자 란델은 절망했는지 침울한 표정을 지었다.

"네 말대로 지금의 나는 무척 약하다. 아주 특별한 행운이 있지 않는다면 본래의 힘을 회복할 수도 없다."

"그런 쓸모없는 몸으로 내 부하가 되겠다는 거냐?"

"어쩔 수 없지. 난 이만 소멸될 운명인가 보군."

란델은 힘없이 눈을 감으며 말을 이었다.

"그럼 그만 날 죽여라."

"……."

순간 로이스는 잠시 생각에 잠겼다. 문득 뭔가 짚이는 것이 하나 있었기 때문이다.

'아주 특별한 행운이라고? 혹시 그것은 마력의 성장석이 아닐까?'

그러고 보니 로이스에게는 마족이나 마물의 능력을 대폭 증가시킬 수 있는 마력의 성장석이 2개나 있다.

그것을 사용하면 란델이 본래의 능력을 회복할 수 있을지도 모른다.

'마력의 성장석을 저 녀석에게 사용해 볼까?'

거의 쓸데가 없을 것 같아 릴리아나에게 그냥 보관해 두라고만 했는데.

곧바로 로이스는 란델을 슥 노려봤다.

"그 약한 능력은 그렇다 치고, 내가 너를 어떻게 믿을 수 있지?"

"그게 무슨 뜻이냐?"

"마족! 네가 날 배신하지 않는다는 보장이 없잖아. 말해봐. 나한테 뭘 믿고 널 부하로 받아들이라는 거야?"

그러자 란델의 두 눈이 번쩍 빛났다. 마치 어둠 속에서 빛을 본 것처럼 희망이 가득한 표정이었다.

"마음이 바뀐 것인가? 하나 배신! 그것은 염려할 것 없다. 나는 네게 죽음의 충성 맹약을 할 것이기 때문이다."

"죽음의 충성 맹약?"

"만약 내가 널 배신하면 맹약의 저주로 인해 난 즉시 죽게 된다."

"그런 것도 있어?"

"물론이다. 난 이미 이전의 로드인 크리움에게 그와 같은 맹약을 한 적이 있다. 그러나 로드 크리움이 날 버렸기에 그 맹약 또한 저절로 사라졌다."

더 이상 크리움에게 충성을 바치지 않아도 된다는 뜻.

그는 이제 다른 누구에게 충성을 바쳐도 되는 자유 마족인 것이었다.

로이스는 비로소 고개를 끄덕였다.

"그렇다면 내게 죽음의 충성 맹약을 해 봐라. 네 말이 사실이라면 널 부하로 받아 주지."

앞으로 마왕이나 마족들과 싸울 일이 많을 것이다. 마족 란델이 충성스러운 부하가 된다면 그들과 싸울 때 여러모로 쓸모가 있으리라.

그러자 란델이 결연한 눈빛을 하더니 공손히 무릎을 꿇고 외쳤다.

"죽음과 피로써 맹약하노니 나 란델은 이후로 로이스 님을 로드로 삼아 충심으로 섬길 것입니다."

쿵! 쿵! 쿠웅!

그 말과 함께 그는 그대로 엎드려 머리를 바닥에 몇 번이고 찍었다.

츠츳! 츠으으읏!

그 순간 시커먼 흑색의 기운이 일어나 그의 몸을 휘감았다.

동시에 로이스의 시야에 떠오르는 글자들.

[마족 란델이 당신에게 죽음의 충성 맹약을 했습니다.]

[이후 그가 당신을 배신한다면 그는 즉시 맹약의 저주를 받아 죽임을 당할 것입니다.]

'이런 것도 알려 주다니.'

사실 란델의 말만 믿고 넘어가기엔 그가 진짜로 죽음의 충성 맹약을 했는지는 확인할 길이 없다. 더구나 그 죽음의 충성 맹약이라는 것이 정말로 작동하는지도 의문인 것이다.

그러나 저와 같은 글자들이 나타난 이상 더는 란델을 경계하지 않아도 될 것이다.

모두 목에 걸고 있는 군주의 목걸이가 알려 준 덕분이었다.

로이스를 미스토스의 군주가 되도록 이끌어 주는 운명의 목걸이!

투명한 상태라 남들의 눈에는 보이지 않는 이 목걸이는 마법 공격에 의해 로이스의 옷과 피부가 녹아 버린 상태에서도 멀쩡했다.

로이스는 흡족한 미소를 지으며 목에 걸린 펜던트를 만지작거렸다. 그러고는 란델을 향해 말했다.

"좋아, 일어나라. 넌 이제부터 내 부하야."

"충성을 바치겠습니다, 로드!"

그렇게 로이스에게는 라크아쓰에 이어 두 번째 부하가 생겼다.

곧바로 릴리아나의 꽃밭에 란델의 거처가 생겨났다.

거대 거미인 라크아쓰가 거주하는 동굴 옆으로 또 하나의 큼직한 동굴이 생겨난 것이다.

란델을 보며 릴리아나가 미소 지었다.

"나는 로이스 님의 수호 요정인 릴리아나다. 앞으로 너는 나의 말에도 절대 복종해야 할 것이야."

"예, 릴리아나 님!"

란델은 릴리아나에게 공손한 태도로 대답했다. 로이스가 뭐라 알려 준 건 아니었지만 그냥 본능적으로 그녀의 말에 따라야 한다는 것을 느꼈다.

이는 이곳 꽃밭이 바로 꽃의 요정 릴리아나가 미스토스를 통해 지배하고 있는 일종의 결계 공간이기 때문이다.

다른 곳은 몰라도 이 안에서는 릴리아나의 손짓 하나에 란델의 모든 것이 달려 있었다. 그녀는 그가 알아서 기어야 하는 존재였다.

'상전이 한 명 더 있었군.'

란델이 쓴웃음을 지으며 자신의 거처인 동굴로 들어갔다.

로드 로이스나 릴리아나의 별다른 지시가 없으니 일단 거처에서 쉬려 함이었다.

그런데 그때였다. 누군가 그의 동굴 안으로 따라 들어왔다.

"이봐, 신참! 너 잠깐 거기 서 보겠느냐?"

다름 아닌 거대 거미 라크아쓰였다. 란델이 고개를 돌렸다.

"뭐냐, 넌?"

그러자 라크아쓰는 최대한 험상궂은 표정으로 란델을 노려보며 말했다.

"크크크! 잘 들어라! 나는 로드의 첫 번째 부하인 라크아쓰라 한다. 앞으로 네놈은 나 역시 받들어 모셔야 할 것이다."

"……."

순간 란델은 어이가 없었다. 그가 비록 징벌의 감옥에서 오랜 잠을 자긴 했지만 어찌 라크아쓰의 정체를 모르겠는가.

거대 거미 종족 중 하나인 네이더!

덩치를 보니 그런 네이더들의 우두머리쯤 되어 보였다.

몬스터들 사이에서는 제법 힘깨나 쓰며 떵떵거릴 수 있겠지만, 그래 봤자 마족인 자신 앞에서는 한낱 벌레만도 못한 존재일 뿐이다.

"고작 하찮은 네이더 따위가 감히! 죽고 싶으냐?"

란델은 폭발하려다 참았다. 이곳은 그의 로드와 또 한 명의 상전인 릴리아나가 있는 곳이다 보니 선불리 싸움을 벌일 수 없었다. 성질대로라면 라크아쓰는 지금 죽었다 봐야 했다.

그러나 안타깝게도 현실은 그와 달랐으니.

"큭! 내가 하찮다는 거냐? 어디 하찮은 놈에게 한 번 당해 봐라. 모두 나와라!"

"케케케!"

"크크크!"

뒤쪽에서 10여 마리의 네이더들이 모습을 드러냈다. 라크아쓰의 부하들이었다.

스슥. 스스슥.

란델은 순식간에 포위되었다. 그는 그제야 일이 심상치 않게 돌아간다는 사실을 깨달았다.

'이, 이놈들이!'

그렇다. 온전한 상태라면 모를까 지금 란델은 미약한 마기만 발휘할 수 있을 뿐 신체 능력은 라크아쓰와 비슷한 수준이었다. 이 상황에 라크아쓰의 부하들까지 가세한다면 결과는 뻔한 일이었다.

라크아쓰가 키득거리며 웃었다.

"크크크, 나는 네가 과거에 뭐하는 놈이었는지 그건 관심 없다. 중요한 건 지금이지. 뭣들 하는 거냐? 어서 저놈을 묶어라."

"예, 라크아쓰 님."

네이더들이 란델을 향해 거미줄을 난사했다. 란델은 피하려 했지만, 앞의 라크아쓰까지 가세하자 그는 순식간에 거미줄에 꽁꽁 묶이고 말았다.

"크흐흐! 꼴좋구나. 모두 저 신참 놈에게 교육을 시작해라."

"예, 라크아쓰 님."

무력한 상태의 란델을 향해 네이더들이 일제히 달려들었

다.

퍽! 퍼퍽! 꽉! 꽉꽉꽉!

네이더들의 우악스러운 발길질이 쇄도했다. 라크아쓰는 심지어 커다란 입으로 란델의 신체 일부를 와작 깨물기도 했다.

"크으으으으!"

란델은 몸을 부들부들 떨었다. 네이더들이 가하는 매질에서 오는 육체적 고통보다 정신적 고통이 더욱 컸다.

그는 마왕을 빼고는 그 무엇도 두려운 것이 없던 마족이었다. 그런 자신이 네이더들 따위에게 맞고 있다는 사실이 실로 비참했던 것이다.

'크흑! 이게 대체 무슨 꼴이냐?'

그러나 어쩌겠는가. 그는 어쩔 수 없이 현실을 인정할 수밖에 없었다.

"아, 알았으니 그만해라. 제발 그만해!"

그가 굴복의 의사를 보이자 라크아쓰는 흡족한 듯 키득거렸다.

"이제야 정신 차렸나 보구나. 그럼 앞으로 나를 받들어 모시겠느냐?"

"그러지."

"지? 지금 지, 라고 했느냐?"

"아, 아니오. 그리하겠습니다."

란델은 치욕에 몸을 떨었지만 어쩔 수 없이 존댓말로 대답했다. 라크아쓰는 앞다리 2개를 뻗어 란델의 목을 움켜쥐고는 말했다.

"잊지 마라. 로드께서는 물론이고 릴리아나 님도 우리들의 서열에는 관여하지 않으신다는 것을 말이야."

그것은 사실이었다.

라크아쓰가 아무리 간이 부었다 해도 로이스나 릴리아나의 허락도 없이 신참 교육을 하겠다며 나설 수는 없었기 때문이다.

'호호호! 그야 힘센 녀석이 상전이 되는 건 당연한 일. 너희들이 알아서 서열을 결정해라.'

릴리아나에게 이 같은 말을 들은 라크아쓰는 신이 나서 란델을 찾아왔던 것이다. 그리고 란델을 굴복시키는 데 성공했다.

'크크크, 이런 놈은 초반에 기를 제압해 둬야 기어오르지 않는다.'

예전에 마족이면 뭐하겠는가. 지금은 마족의 마, 자도 꺼내지 못할 만큼 약한 존재가 되었는데 말이다.

즉, 라크아쓰는 현직 마족이라면 모를까 전직 마족 따위는 두렵지 않았다. 그는 란델을 쏘아보며 마지막으로 한 번 더 으름장을 놓았다.

"앞으로 조심해라! 조금이라도 불손한 기색이 보이면 오늘과 같은 교육이 다시 펼쳐질 것이다."

"예, 조심하겠습니다."

란델은 공손히 대답했다. 라크아쓰는 란델의 목을 풀어주고는 돌아섰다. 어느새 거미줄도 모두 사라져 있었다.

"이만 돌아가자."

"예, 라크아쓰 님."

라크아쓰의 부하 네이더들 역시 의기양양한 기색이었다. 그들은 또한 란델을 삐딱한 눈빛으로 한 번씩 쏘아봐 주고 가는 것을 잊지 않았다.

'크흑!'

란델은 털썩 주저앉았다. 상전이 둘이 아니라 셋이 되고 말았다. 게다가 라크아쓰의 부하 네이더들까지 거들먹거릴 것이니 앞으로 어찌 살아야 할지 막막했던 것이다.

*　　*　　*

한편 그사이 로이스는 아까 하다 만 낚시를 마저 하는 중이었다.

무슨 일이 있어도 하루에 10번 할 수 있는 낚시는 꼭 해야 한다.

그래야 마법에 대한 저항력이 상승할 테니까.

'그놈의 마법! 그따위 것들에 맞아도 꿈쩍도 하지 않을 만큼 강해지고 말 테다!'

물론 라크아쓰가 란델을 괴롭히고 있다는 것도 알고 있었지만, 그런 건 별로 관심을 두지 않았다.

강한 녀석이 약한 녀석을 지배하는 거야 당연한 일.

강자존의 법칙!

그것은 곧 로이스가 자란 체란산의 법칙이었다.

그보다 지금은 라크아쓰 패거리가 란델을 압도하고 있지만 과연 얼마나 오래갈지 의문이긴 했다.

조만간 아니, 어쩌면 잠시 후가 되면 마력의 성장석을 통해 란델이 본래 힘을 회복하게 될지도 모르기 때문이다. 아마 란델은 꽤나 분풀이를 하겠지만 모두 라크아쓰가 자초한 일이었다.

"로이스 님!"

그때 릴리아나가 커다란 구슬을 하나 손에 쥐고 걸어왔다. 다름 아닌 마력의 성장석이었다.

"마족 부하도 생겼으니 이걸 한번 시험해 보는 게 어때요?"

"좋은 생각이야. 그렇지 않아도 그게 얼마나 효과가 있을지 궁금했거든."

그러자 릴리아나는 뒤를 따라온 바람의 정령 실피에게 말했다.

"넌 어서 가서 란델을 이리로 데려오너라."

"네, 릴리아나 님."

실피는 곧바로 란델의 거처로 향했다. 그리고 잠시 후 란델이 실피를 따라 로이스의 앞으로 나타났다.

"저를 부르셨습니까, 로드?"

란델의 몰골은 엉망진창이었다. 털은 듬성듬성 빠지고 전신에는 피멍이 져 있었다. 라크아쓰 패거리에게 당한 것 때문이었다. 로이스는 인상을 찌푸렸다.

"꼴이 말이 아니네."

"별거 아닙니다. 괜찮습니다, 로드."

그래도 명색이 마족답게 란델은 라크아쓰 패거리에게 당한 사실에 대해 일언반구도 언급하지 않았다. 사실 적자생존 약육강식의 법칙은 그가 자라났던 마계에서는 너무도 일반적이었으니까.

자신이 약해서 당한 것뿐. 여기에 무슨 변명거리가 있겠는가.

혹시라도 특별한 행운을 얻어 본래의 힘을 되찾을 수 있다면, 그때 가서 오늘의 치욕을 돌려주면 되는 것이다.

로이스는 란델의 그런 담담한 태도가 마음에 들었다. 만일 라크아쓰가 같은 상황이었다면 로이스에게 달려와 온갖 억울함을 호소했을 것이 뻔했다.

"근데 넌 무슨 죄를 지었기에 징벌의 감옥에 갇혔던 거냐?"

"저는 전쟁에서 패배했습니다."

"패배?"

"예. 벌을 받아 마땅했지요."

마족들에게 있어 전쟁에서의 패배는 이유 불문하고 징벌에 처해진다는 것이었다.

그것이 마왕 크리움의 방침이라나.

그러나 로이스로서는 그다지 동의할 수 없는 일이었다. 그는 부하가 전쟁에서 패배했다고 무조건 감옥에 가둘 만큼 인정머리가 없지는 않았다.

'하여간 마왕 녀석들 방식은 도무지 마음에 들지 않는군.'

아무튼 지금은 그게 중요한 게 아니다. 로이스는 란델을 강하게 노려보며 말했다.

"그러나 너는 이제 마왕 크리움의 권속이 아닌 나 로이스의 부하다.”

“예, 물론이옵니다. 저의 주인은 오직 로드뿐이십니다.”

“만약 그 마왕 크리움이 나타나 나와 싸운다면 넌 누굴 위해 싸울 생각이냐?”

“저는 이미 로드께 죽음의 충성 맹약을 했습니다. 당연히 저는 로드의 부하로서 마왕 크리움과 대적해 싸울 것입니다. 다만 지금 저의 힘이 너무 미약하여 로드께 큰 도움이 되지 못하는 것 같아 안타까울 뿐입니다.”

란델은 한 치의 망설임도 없이 대답했다. 그러자 로이스뿐 아니라 릴리아나도 흐뭇한지 미소를 지었다.

“란델! 너는 이제 본래의 힘을 회복하게 될 거야.”

“예? 그게 무슨 말씀이신지.”

란델은 깜짝 놀라는 표정을 지었다. 그러다 로이스의 손에 들린 커다란 구슬을 보고는 두 눈을 부릅뜨고 말았다.

“그, 그것은? 설마?”

“맞아. 마력의 성장석! 난 이걸로 너의 힘을 본래로 돌려놓을 생각이다.”

“오오, 진정이시옵니까?”

란델은 격동으로 몸을 떨었다. 정말로 엄청난 행운이 있지 않고서는 얻기 힘들다는 마력의 성장석을 이토록 쉽게 얻게 될 줄은 몰랐던 것이다.

그런데 그때 돌연 로이스의 두 눈에 기광이 스쳤다.

갑자기 그의 시야에 나타난 글자들.

이는 그가 마력의 성장석을 손에 쥔 채 란델을 바라본 순간 일어난 현상이었다.

[마력의 성장석이 대상을 판별합니다.]

[대상 란델은 중급 마족으로 힘의 근원이 파괴되어 전투력이 대폭 하락한 상태입니다.]

[마력의 성장석을 사용하면 힘의 근원이 회복되어 전투력을 본래 수준으로 회복 가능합니다.]

[단, 실패 시 대상의 능력이 대폭 하락하거나 대상 자체가 소멸될 수도 있습니다.]

[성공 확률 : 40%]

'실패할 수도 있군.'

10번 시도했을 때 4번은 성공, 6번은 실패할 수 있다는 것!

누가 가르쳐 주지 않았지만 로이스는 성공 확률이 40%라는 말의 뜻을 저절로 이해했다. 이는 물론 군주의 목걸이가 가진 신비한 능력 때문이었다.

Chapter 9
마력의 성장석

'이대로라면 매우 위험해.'

실패하면 란델의 능력이 하락하는 것은 기본이고, 자칫 소멸되어 사라져 버릴 수도 있으니 문제였다.

로이스는 첫 번째로 얻은 마족 부하를 그런 식으로 어이없게 잃고 싶지는 않았다. 그때 릴리아나 역시 그 같은 상황을 알고 있는지 로이스를 향해 말했다.

"마력의 성장석을 사용할 땐 실패할 우려도 있어요. 하지만 미스토스를 사용하면 무조건 성공할 수 있죠."

"그런 방법도 있어?"

로이스는 반색했다. 릴리아나는 잠시 눈을 감았다 뜨고

는 말했다.

"생각보다 많은 미스토스가 필요하군요."

"얼마나 필요한데?"

"대략 2카퍼스 정도."

"우리가 가진 미스토스는?"

"17카퍼스니 여유는 충분해요."

그동안 로이스가 열심히 마족들을 쓰러뜨리고 임무를 완수한 덕분에 꽃밭을 확장하고도 17카퍼스나 되는 미스토스가 남아 있는 것이다.

로이스는 고개를 끄덕였다.

"그럼 그걸 써 봐. 저 녀석을 허무하게 잃을 수는 없잖아."

"로이스 님의 뜻에 따르겠어요."

곧바로 릴리아나는 마력의 성장석을 향해 손을 뻗었다.

화아악!

순간 찬란한 자색의 빛이 일어나 마력의 성장석을 휘감았다.

[마력의 성장석에 1카퍼스 976옵소니온의 미스토스가 사용되었습니다.]

(*미스토스 단위) 1카퍼스 = 1,000옵소니온

[마족 란델에 대한 성장 성공 확률이 100%가 되었습니다.]

곧바로 시야에 나타난 글자들을 보며 로이스는 씩 웃었다.

성공 확률 100%!

릴리아나의 말대로 이제 무조건 성공하게 될 것이다.

로이스는 란델을 향해 말했다.

"가까이 와라."

"예, 로드!"

무릎걸음으로 다가오는 란델의 안색은 잔뜩 상기되어 있었다.

'어찌 나를 이렇게나 생각해 주는 것일까?'

란델은 로이스와 릴리아나의 대화를 들으며 왠지 감동한 터였다. 미스토스가 얼마나 귀한 것인지 마족인 그가 모를 리 없었기 때문이다.

이전의 로드였던 마왕 크리움은 그를 이용하기만 했고, 한 번도 이렇게 그를 위해 뭔가를 베풀어 준 적이 없었다.

만약 마왕 크리움이었으면 란델이 죽건 말건 신경 쓰지 않고 그저 장난삼아 마력의 성장석을 사용했을 것이다.

란델은 로이스 역시 그럴 거라 생각했다. 하지만 로이스는 피보다 귀한 미스토스를 들여 자신을 살리려 하고 있었으니!

란델의 가슴에 그간 한 번도 느껴보지 못했던 뭉클한 감정이 솟아났다.

그때 로이스가 란델의 가슴에 마력의 성장석을 가져다 댔다.

[마력의 성장석이 대상을 강화합니다.]

[대상에게 성장의 고통이 엄습합니다.]

화아아악!

검붉은 마기가 란델의 몸을 뒤덮었다.

"으으윽!"

순간 란델의 두 눈이 충혈되더니 그의 몸이 터질 듯 팽창되기 시작했다.

"끅! 크으으윽! 끄아아아악!"

얼마나 엄청난 고통이 엄습하기에 저토록 처절한 비명을 지르는 것일까?

그러나 그 비명은 이내 잦아들었고 어느 순간 고요해졌다.

쿠콰콰콰콰!

반면에 검붉은 마기가 폭풍처럼 란델의 전신을 휘돌았고, 그 또한 흔적도 없이 사라졌다.

[대상이 성공적으로 강화되었습니다.]

번쩍!

그리고 드디어 란델이 다시 모습을 드러냈다.

황금빛 털을 가진 원숭이 마족!

아까와 외모는 달라진 것은 없었지만 그 기세는 차원이 달랐다.

본래의 힘을 되찾은 것이다.

'오오! 드디어!'

란델은 이것이 꿈인가 싶었다. 그는 즉시 오체투지의 자세로 엎드리며 외쳤다.

"로드께서 베풀어 주신 이 은혜 잊지 않겠사옵니다."

"잠깐, 아직 끝난 것이 아니야."

로이스는 의미심장한 미소를 지었다. 그의 손에는 또 하나의 구슬이 쥐어져 있었다. 물론 마력의 성장석이었다.

[마력의 성장석이 대상을 판별합니다.]

[대상 란델은 중급 마족으로 마력의 성장석을 통해 본신의 모든 전투력을 되찾은 상태입니다.]

[마력의 성장석을 사용하면 그의 전투력을 더욱 올려 상급 마족이 될 수 있습니다.]

[단, 실패 시 대상의 능력이 대폭 하락하거나 대상 자체가 소멸될 수도 있습니다.]

[성공 확률 20%]

이번에는 성공 가능성이 더욱 낮아졌다.

로이스는 힐끗 릴리아나를 쳐다봤다. 그녀는 이미 로이스의 뜻을 짐작하고 있는지 그사이 눈을 감고 뭔가를 계산하고 있었다. 그러다 이내 두 눈을 뜨고는 미소를 지었다.

"미스토스가 4카퍼스나 드는군요. 그것까지 고려해도 11카퍼스가 남으니 여유는 충분해요. 로이스 님이 원하시는 대로 하세요."

"좋아."

그렇다면 망설일 이유가 없다. 미스토스야 나가서 또 마족들을 해치우거나 용자 아시엘을 도와주면 얻을 수 있기 때문이다.

그러나 로이스는 문득 란델을 향해 물었다.

"넌 이제 또 한 번의 큰 고통을 겪게 될 거야. 그래도 상관없다면 널 더욱 강하게 해 주겠다."

아까 란델이 너무도 고통스러워하는 모습을 보았기 때문이다. 아무리 부하라고 해도 로이스는 란델의 의사도 존중하기로 했다.

비록 로이스는 막대한 양의 미스토스까지 들여 란델을 강하게 해 줄 생각이 있지만, 정작 란델이 그것을 거부한다면 굳이 그럴 필요가 없는 것이다.

"오오, 로드!"

그 말에 란델은 다시 격동 어린 표정을 지었다. 지금 무슨 일이 벌어지고 있는지 그 역시 충분히 짐작하고 있었다.

본래의 힘을 회복한 것도 기적 같은 일인데, 여기서 더 강해지게 된다면?

"고통 따위가 무슨 문제가 되겠습니까? 더 강해질 수 있다면 죽음조차도 두렵지 않습니다."

오래전 마왕 크리움의 휘하에서 활약을 벌일 때도 그는 중급 마족의 수준에서 더 이상 능력이 상승하지 않았다.

그가 무슨 노력을 해도 그 이상 전투력이 오르지 않았으니. 그것은 그가 가진 태생적 한계가 중급 마족이었기 때문이다. 이는 아주 특별한 행운이 임하지 않는다면 영원히 그 수준에서 전투력이 고정됨을 의미했다.

그런데 지금 그 한계를 깨뜨릴 수 있는 기회가 주어진 것이다.

잃어버린 힘을 되찾은 것도 모자라 더욱 강해질 기회까지!

마족 중에 이같이 엄청난 행운을 얻은 자는 극히 드물 것이다.

로이스가 웃었다.

"좋아. 릴리아나!"

"네, 로이스 님."

우선 성공 확률을 100%로 만들어야 한다. 미스토스를 아끼려다 소중한 부하를 잃을 수는 없으니까.

화아악!

곧바로 릴리아나의 손에서 일어난 빛이 마력의 성장석을 휘감았다.

[마력의 성장석에 3카퍼스 950옵소니온의 미스토스가 사용되었습니다.]

[마족 란델에 대한 성장 성공 확률이 100%가 되었습니다.]

'지금이야.'

로이스는 즉시 마력의 성장석을 란델에게 가져다 댔다.

[마력의 성장석이 대상을 강화합니다.]

[대상에게 성장의 고통이 엄습합니다.]

화아아악!

순간 마력의 성장석이 먼지로 변해 흩어짐과 동시에 흑색의 마기가 폭풍처럼 란델의 전신을 뒤덮었다.

"크으으으!"

란델의 두 눈이 충혈되었다. 그는 이를 악물고 고통을 참으려 했다. 로드 앞에서 가능한 고통스러워하는 모습을 보이지 않고 싶었기 때문이다.

그러나 고통이 아까에 비해 몇 배는 더 강력해졌다. 전신을 찢어발기는 듯한 이 끔찍한 고통은 그가 정신력으로 참아 낼 수 있는 유의 것이 아니었다.

"크아아아아악!"

그의 입에서 처참한 비명이 끝없이 튀어나왔다.

대체 얼마가 지나야 이 고통의 시간이 끝날 것인가.

지켜보는 로이스나 릴리아나에게는 잠깐의 시간이었지만 란델에게는 영벌의 고통을 받던 감옥에서의 시간 못지않을 만큼 길게 느껴졌다.

촤아아악!

그러더니 급기야 마기가 란델의 몸을 산산이 찢어 버렸다. 그리고 그 조각들을 한데 뭉쳐 다시 몸을 만들기 시작했다.

좌악! 좌아아! 쑥! 쑤쑤숙!

아까와는 달리 육체의 재구성이 이루어지고 있는 것이었다.

그렇게 다시 형성된 란델의 모습은 이전의 원숭이 마족이 아닌 말끔한 인상의 인간 소년이었다.

[대상이 성공적으로 강화되었습니다.]

황금빛 머리카락. 그 아래 반짝이는 황금빛 홍채.

로이스에 비할 수는 없었지만 그래도 제법 멋들어진 외모를 가진 미소년의 모습.

"로드의 은혜 진심으로 잊지 않겠습니다. 죽음으로 충성을 바치겠습니다."

게다가 목소리도 달라졌다. 이전의 음침한 마족의 음성이 아니라 우렁찬 인간 소년의 음성으로.

로이스는 흐뭇하게 미소 지었다. 얼마 전 상대했던 가장 강력했던 마족인 파르두스를 훨씬 능가하는 기세가 란델로부터 느껴졌던 것이다.

"좋아! 앞으로 너의 활약을 기대하겠다."

그렇게 로이스에게는 매우 든든한 부하가 생겨났다.

그사이 멀리서 이곳의 상황을 지켜보고 있는 일단의 패거리가 있었으니.

다름 아닌 라크아쓰와 그의 부하 네이더들이었다.

이곳에서 란델의 처참한 비명 소리가 사방으로 울려 퍼지고 있었으니 무슨 일인가 싶어 나와 본 것이다.

라크아쓰는 눈을 부릅떴다.

'저, 저럴 수가! 저놈이 힘을 되찾다니!'

도무지 믿을 수 없는 광경이었다. 그것도 단순히 힘을 되찾는 정도가 아니라 훨씬 더 강해진 것 같았다.

이제 이를 어쩐다는 말인가.

이렇게 될 줄도 모르고 아까 잔뜩 괴롭혔으니 말이다.

(대, 대장! 큰일입니다.)

(크흑! 우리는 이제 죽었습니다요.)

(어서 대책을 마련해야 합니다요.)

(차라리 도망가는 게 어떻겠습니까?)

부하 네이더들이 두려워 떨며 신호를 보내왔다. 그러나 라크아쓰라고 뾰족한 대책이 있을 리 없었다.

게다가 도망이라는 건 꿈도 꿀 수 없는 일. 그저 이렇게 웅크리고 있다가 분노한 마족 란델의 보복을 당해 내야 할 것이다.

스윽.

그때 란델이 힐끗 시선을 돌려 라크아쓰 패거리를 노려봤다.

번쩍!

무심하게 가라앉은 눈빛에서 칼날같이 섬뜩한 기운이 쏘아져 나왔다.

드디어 올 것이 온 것인가.

움찔. 흠칫.

라크아쓰를 비롯한 네이더들은 기겁하며 일제히 눈을 내리깔았다. 그러나 란델은 그들을 한 번 노려만 보았을 뿐 이내 시선을 거두었다.

'너희들 운이 좋은 줄 알아라. 오늘 내가 너무 기분이 좋아서 봐준다.'

그렇다. 마족의 기나긴 일생을 통틀어 단 한 번도 찾아오기 힘든 엄청난 행운을 오늘 두 번이나 겪었으니, 아까 라크아쓰 패거리에게 당한 일 정도는 그냥 애교로 봐줘도 될 것이다.

*　　*　　*

한편 로이스가 부하 란델을 상급 마족으로 성장시키고

있는 사이, 아스피스 성의 지하 감옥에서는 포로들에 대한 심문이 이어지고 있었다.

"크윽! 난 아무것도 모른다. 그저 반역 도당을 멸하라는 황제 폐하의 명이 내려와 이곳에 왔을 뿐이다. 더 이상 날 모욕하지 말고 죽여라."

봉두난발의 상태로 형틀에 묶여 있는 중년 사내.

그는 아까 로이스에게 처참하게 패한 소드 마스터 플레인 백작이었다. 빈사 직전으로 쓰러져 있던 그를 타르파가 일단 회복시켜 목숨을 부지할 수 있게 해 주었지만, 그것은 그를 동정해서가 아니라 그를 심문하기 위해서였다.

"나는 그대를 모욕할 생각은 없습니다. 알고 있는 사실만 얘기하면 충분합니다."

정중하지만 싸늘하기 이를 데 없는 음성. 차가운 눈빛으로 플레인 백작을 쏘아보고 있는 청년은 물론 타르파였다.

그는 항상 보여 주던 순진하면서도 어수룩한 모습이 아니라 바늘로 찔러도 피 한 방울 나오지 않을 듯 냉막한 표정을 짓고 있었다.

이는 용자를 대적하는 무리들이 나타났으니 집사로서 당연한 일. 이들의 배후에 누가 있고 그의 목적이 무엇이며, 앞으로 또 어떤 계획을 세우고 있는지까지 소상히 밝혀내야 대책을 세울 수 있을 것이다.

물론 굳이 듣지 않아도 대부분 이미 아시엘을 통해 알고 있는 사실이지만, 그래도 혹시 새로운 내용을 알 수 있을지도 모르니 심문은 필수였다.

스윽.

곧바로 타르파는 투명한 푸른빛의 채찍을 번쩍 든 채로 플레인 백작을 노려봤다.

"묻겠습니다. 그대와 함께 왔던 마법사가 소환한 것은 분명 마족이었습니다. 그대와 그대의 황제는 마왕과 무슨 관계가 있습니까?"

"모, 모르오. 나 역시 그 말을 듣고 황당할 뿐이오."

마족 란델이 두루마리를 통해 소환되었을 때 플레인 백작은 실신 상태에 있었기에 무슨 일이 벌어졌는지 잘 모른다.

그러다 이곳에 함께 포로로 잡혀 있는 그의 부하들로부터 그 같은 사실을 전해 듣고 그 역시 깜짝 놀랐던 것이다.

심지어 비쿠스가 아군들을 모두 죽이려고 했다는 것도 도무지 믿기 힘든 일이었다.

타르파가 차갑게 웃으며 채찍을 휘둘렀다.

"과연 당신의 그 말이 진실인지 확인해 보겠습니다."

미스토스의 기운이 깃든 징벌의 채찍! 대상이 진실을 말하지 않을 때는 상상할 수 없는 고통을 느끼게 한다.

촤악!

푸른빛의 채찍이 플레인 백작의 몸을 뱀처럼 휘감았다. 날아오는 기세만 보면 쇠라도 부러뜨릴 만큼 가공스러웠다.

그러나 플레인 백작은 그 어떤 고통도 느끼지 못했다. 그의 말은 사실이었던 것이다.

타르파가 싸늘히 웃었다.

"다행히 그대의 말은 진실이군요. 그대가 마족에 관해 모른다는 걸 인정하겠습니다."

"그렇소. 모든 건 나칸! 바로 그놈이 꾸민 짓이 분명하오. 마족을 소환한 비쿠스는 바로 나칸의 제자이기 때문이오."

"나칸? 혹시 대마법사 나칸을 말하는 것입니까?"

"그는 매우 음흉한 존재요. 나는 이전부터 그놈이 마음에 들지 않았소. 그가 대체 무엇 때문에 아시엘 공주를 마녀라 몰아붙이는지는 모르겠지만 내가 아는 한 그는 결코 포기하지 않을 것이오."

"그대의 말대로라면 앞으로도 나칸이 계속 이곳을 공격해 올 것이라는 말이군요."

"물론이오. 두 번째 원정이 실패한 이상 그는 아마도 철저히 준비를 해서 올 것이오. 이번과는 비교도 되지 않을 만큼 엄청난 숫자의 군대를 파병할지도 모르지."

계속해서 플레인 백작은 나칸에 대해 그가 아는 대로 모든 것을 말했다.

"이번 일로 나는 나칸이야말로 매우 사악한 음모를 꾸미고 있음을 알게 되었소. 황제 폐하께서 왜 그러한 자를 중용하시는지 알 수 없지만 이대로라면 제국이 어찌 될지……."

본래라면 포로가 되어 그 어떤 고문을 당한다 해도 이런 식으로 자국의 정보를 적에게 말하지는 않았을 것이다. 그는 자신이 충성을 바치는 사르곤 제국의 황제를 배신할 생각이 없기 때문이다.

그러나 지금 플레인 백작은 매우 혼란스러운 상태였다.

비록 전공에 눈이 어두워 그 역시 아시엘을 마녀라 몰아붙이긴 했지만, 지금 와서 생각해 보면 이상한 점이 한두 가지가 아니었다.

사르곤 제국의 군대가 아시엘의 모국인 루파인 왕국을 멸망시킨 것부터 시작해서 용자 아시엘에 관한 악의적인 내용은 모두 나칸과 그의 제자들이 주장하는 것이 아니었던가.

무엇보다 결정적인 것은 마법사 비쿠스가 마족을 소환했다는 것이었다.

마족이 무엇이던가.

어둠의 군주라 불리는 마왕의 권속이다. 그런 끔찍한 존재를 대마법사 나칸의 제자인 비쿠스가 소환했다는 것은 절대 묵과할 수 없는 일.

당연히 그 일은 나칸과도 절대 무관하지 않을 것이다.

'어쩌면 나칸이야말로 마왕의 세력과 관계되어 있을지 모를 일이다. 아시엘 공주는 혹시 정말로 전설의 용자가 아닐까?'

그렇지 않다면 마왕과 관련된 나칸이 그토록 기를 쓰고 아시엘을 죽이려 하지는 않았을 것이다.

하지만 그렇다고 용자의 존재를 믿자니 그것도 너무 황당무계한 생각이었다. 그는 자신도 모르게 불쑥 물었다.

"그런데 정말로 아시엘 공주가 전설의 용자인 것이오?"

그러자 타르파가 한심하다는 듯 그를 노려보며 대답했다.

"아직도 모르겠습니까? 그분은 라키아 대륙을 마왕의 음모에서 구해 줄 수호 용자이십니다. 어리석게도 당신들은 마왕의 하수인에게 속아 그분을 오히려 대적하고 있습니다."

"그럴 리가!"

"당신이 믿든 믿지 않든 아시엘 님은 용자이십니다. 또한 라키아 대륙을 구원해 주실 유일한 희망이기도 하지요."

"유일한 희망?"

"마왕이 이미 사르곤 제국에 마수를 미치고 있다면 그곳이 멸망하는 것은 시간문제입니다."

"……."

플레인 백작은 뭐라 항변할 말이 없었다. 그렇다고 무턱대고 타르파의 말을 받아들일 수도 없었다. 그는 무겁게 한

숨을 내쉬고는 입을 열었다.

"나와 부하들을 풀어 주시오. 내가 황제 폐하를 만나 어떻게든 이 사실을 알리고 그분의 뜻을 돌려 보겠소."

그러나 타르파는 싸늘히 고개를 흔들었다.

"당신은 물론이고 이곳에 포로로 잡힌 누구도 돌아갈 수 없습니다."

"하면 이대로 사르곤 제국에서 또다시 이곳에 대규모 원정군을 보내도록 방관하시겠다는 말이시오?"

"당신이 간다 해서 달라질 것은 없습니다."

타르파는 단호하게 거절했다. 이는 플레인 백작을 믿을 수도 없거니와 설령 믿는다 해도 나칸이 마왕의 하수인이라면 황제 또한 이미 마왕의 하수인이 되었을 가능성이 높기 때문이다.

공연히 이곳에 대한 정보만 유출되고 말 것이다. 지난번 흑기병 부대를 좋은 뜻에서 살려 보냈지만 그들은 오히려 원정군의 길잡이가 되고 말았으니까.

"그럼 우리를 어찌할 생각이시오? 영원히 가둬 둘 생각이오?"

"그건 나도 모릅니다. 모든 건 아시엘 님의 뜻에 달려 있기 때문이지요."

"그녀를 만나게 해 주시오. 내가 직접 그녀를 설득해 보겠소."

그러자 타르파가 다시 싸늘히 웃었다.

"뭔가 착각을 하고 있군요. 그분은 당신과 같은 포로를 일일이 만나 주실 만큼 한가하신 분이 아닙니다. 그리고 이제부터 당신들은 매일 하루도 빠짐없이 노역을 해야 합니다."

"노, 노역이라고? 감히 제국의 백작인 내게 노역이라니! 아무리 포로라 한들 예우를 지켜 달라. 이건 너무하지 않은가?"

"당신이 제국의 백작이건 설령 황제이건 이곳에서는 아무런 의미가 없습니다. 명령을 어기는 자에게는 엄한 징벌이 있을 뿐입니다."

타르파는 할 말이 끝났다는 듯 감옥을 나가 버렸다.

그리고 기다렸다는 듯 살벌한 인상의 무사들이 몰려와 포로들을 향해 외쳤다. 감옥을 담당하는 미스토스 용병들이었다.

"잘 들어라! 너희들은 이제부터 광산으로 이동해 광석을 채취해야 한다."

그곳은 타르파가 감옥의 포로들에게 노역을 시키기 위해 인근에 있던 고대 폐광산을 연결한 것이었다.

이 폐광산에서는 대부분 쓸모없는 암석 덩어리만 나오지만, 간혹 운이 좋으면 미스토스 광석이 나오기도 하는데,

비록 미량이지만 성의 미스토스를 쌓는 데 도움을 줄 수 있었다.

"게으름 피우지 말고 일해라! 요령 피우는 놈들은 그 즉시 징벌방으로 직행한다. 그곳에서는 식량 배급이 중지되며 매우 고통스러운 시간을 갖게 될 것이다."

"으으!"

"제길!"

포로들은 불만이 가득한 눈빛이었지만 감히 대들지는 못했다. 이미 자신들의 처지를 알고 있기 때문이다. 미스토스 용병이 다시 크게 외쳤다.

"대신 미스토스 광석을 채광하는 이에게는 특식과 함께 하루 휴식을 줄 것이다. 자, 모두 알아들었으면 이제 곡괭이를 들고 동굴을 따라 이동해라! 서둘러라!"

플레인 백작을 비롯한 200여 명의 포로들은 미스토스 용병들이 건네준 곡괭이를 들고 지하 동굴로 이동했다. 광산은 동굴을 통해 연결되어 있었다.

"뭣들 하는 거냐? 어서 곡괭이를 휘두르지 못할까?"

어쩔 수 없이 포로들이 곡괭이질을 시작했다.

팍! 팍!

도처에서 미스토스 용병들이 두 눈을 시퍼렇게 뜨고 감시하고 있었기에 탈출은 꿈도 꿀 수 없었다.

무엇보다 감옥에 들어온 순간 그들은 평범한 일반인의 전투력밖에 발휘하지 못했다. 이는 그들의 왼쪽 손목에 강제 장착된 징벌의 팔찌 때문이었다.

그들 스스로는 벗을 수 없는 이 팔찌는 마나를 제어하는 힘을 갖고 있는 터라 소드 마스터인 플레인 백작 역시 마나를 한 줌도 사용할 수 없는 터였다.

'내가 대체 이게 무슨 꼴이냐.'

플레인 백작도 부지런히 곡괭이질을 했다. 마나를 쓸 수 없다 보니 순수한 힘으로만 곡괭이를 내리쳐야 했다.

그러던 일순.

포로 중 누군가 크게 외쳤다.

"이리 와 보시오! 이게 혹시 그 미스토스 광석이라는 것이 아니요?"

시커먼 암석들만 가득한 곳에서 마치 태양처럼 환한 광채를 내는 신비한 돌이 하나 보였다.

그러자 미스토스 용병이 환호하며 말했다.

"오오! 그대는 무척이나 운이 좋구나. 시작하자마자 미스토스 광석을 캐다니 말이야."

"하핫, 내가 본래 운이 좀 좋은 편이긴 하오."

"약속대로 그대에게는 특식과 함께 하루 휴식을 허락하겠다."

“고, 고맙소.”

뜻하지 않은 행운에 미소 짓고 있는 이는 야이젠 남작이었다. 덕분에 그는 오늘 저녁 감자 한 덩이만 배급받는 다른 이들과 달리 구운 고기와 빵, 야채, 수프까지 포함된 푸짐한 특식을 먹을 수 있게 되었다.

뿐만 아니라 비록 감옥 안에서지만 하루 노역을 면한 채 누워 쉴 수 있게 된 것이다.

‘정말 좋겠군.’

‘맛있겠다.’

모두들 부러워하는 표정으로 야이젠 남작을 바라봤다. 플레인 백작 역시 마찬가지였다.

팍! 팍팍팍!

동시에 도처에서 부지런히 곡괭이질을 하는 소리가 들렸다. 자신들도 미스토스 광석을 캐서 상을 받기 위함이었다.

그러나 그날 하루가 다 지나도록 미스토스 광석을 또 캐는 이는 없었다. 그것은 그만큼 희박한 확률로 채광되는 것이었다.

그제야 포로들은 야이젠 남작이 무척이나 운이 좋았음을 알 수 있었다.

*　　*　　*

그사이 낚시를 마친 로이스는 오늘 잡은 물고기들을 릴리아나에게 건네주고는 자신의 거처로 향했다.

꽃밭의 중앙에 위치한 아름다운 호수의 정경이 가장 잘 보이는 화려한 저택.

그것이 바로 로이스의 집이었다.

"로드, 어서 오세요."

"어서 들어오십시오."

정문 앞에서 정령들이 환한 미소를 지으며 로이스를 맞았다. 이들은 각각 물, 바람, 땅의 정령들로 오직 로이스의 저택만을 관리하는 임무를 맡았다.

밖의 꽃밭에 펼쳐진 아름다운 꽃의 정원과는 별도로 이 저택 안에도 예쁜 정원이 존재했는데, 이는 땅의 정령이 관리했다.

물의 정령은 로이스가 마시는 물은 물론이고 목욕까지 담당했고, 바람의 정령은 집의 청소 담당이었다.

"모두들 수고해."

정문을 지나 기억의 복도 앞에 이르자 그사이 새로운 그림이 생겨나 있었다.

로이스가 마족 파르두스를 물리치는 장면.

이꼬트들의 수호수 오후스를 굴복시키는 장면.

그리고 지금은 부하가 된 마족 란델을 쓰러뜨리는 장면은 물론이고 제국의 검사 플레인 백작과 치열한 전투를 벌이는 장면도 보였다.

모두 움직이는 그림으로 보이는 것이라 하나씩 그것들을 관람하는 재미가 있었다. 다만, 여전히 로이스가 가장 궁금해하는 아기 시절과 관련된 그림은 나타나지 않았다.

'언젠간 나타나겠지.'

로이스는 실망하지 않았다. 그보다 지금은 강해지는 것이 우선이니까.

도처에 적이 즐비해 있기 때문이다.

특히 사르곤 제국은 호시탐탐 용자 아시엘을 노리고 있었다. 로이스는 아시엘의 용병이기에 그들과 맞서 싸워야 한다.

하나하나는 별것 아니지만 그들이 수천, 수만의 수로 몰려온다면 아무리 로이스라 해도 혼자서 당해 내기란 쉽지 않을 것이다.

그러나 마왕들에 비하면 그들은 별것 아니었다.

마왕 데세오에 이어 마왕 크리움까지!

그들을 직접적으로 만난 것은 아니지만 로이스는 머지않아 자신이 그들과 만나 결투를 벌이게 될 것임을 본능적으로 느끼고 있었다.

Chapter 10
정령들의 시중

과연 지금의 실력으로 마왕과 싸워 이길 수 있을까?

아니, 지금보다 상당히 더 강해져야 할 것이다.

'레벨을 올려야 해.'

로이스는 방 안의 한쪽 벽에 생겨난 지도를 살펴봤다.

아직 가 보지 않은 숲과 동굴들!

특히 마족이라 추정되는 스켈레톤 로드의 동굴과 같은 곳을 탐사하며 강한 적들과 전투를 벌인다면 레벨을 빠르게 올릴 수 있을 것이다.

'마침 잘됐어. 내가 없는 동안 란델 녀석이 나를 대신해 아시엘을 지켜 줄 테니까.'

스켈레톤 동굴만 해도 먼 거리에 있어 다녀오려면 꽤 시간이 소요될 것이다. 그사이 아스피스 성에 적들이 나타나면 란델이 아시엘과 힘을 합쳐 성을 방어할 것이니 안심이었다.

*　　*　　*

이튿날 아침.

로이스는 일찌감치 성을 나설 채비를 갖췄다.

목적지는 브라키스 숲 지하 스켈레톤의 동굴.

파력의 마력석이 깃든 할버드는 당연히 챙겼고, 이번에 새로 얻은 검은 허리에 찼다.

할버드는 꾸준히 수련하되, 틈틈이 검술 수련도 병행할 생각이었다.

누군가 검술을 가르쳐 주지 않아도 어차피 검을 쥐고 싸우다 보면 전술이 생겨나고 단계가 상승할 것이니 걱정할 건 없었다.

그때 릴리아나가 나타나 놀란 표정을 지었다.

"로이스 님! 어디 가세요?"

"스켈레톤 동굴에 가 볼 생각이야."

"잠깐만요! 거기는 가는 데만 며칠 이상 걸려요. 다른 준

비도 없이 그저 무기만 챙기고 떠나실 생각이세요? 식량은 어떻게 하려고요?"

"식량이야 널려 있는데 뭘."

포식자 로이스에게 있어 숲은 사냥감이 널려 있는 곳이었다. 멧돼지 같은 녀석 하나면 며칠 분 식량은 확보할 것이다. 릴리아나는 고개를 흔들었다.

"아무거나 드시면 안 돼요. 식량은 제가 챙겨 드릴게요. 최소 열흘 분의 식량은 필요하겠군요. 그밖에 회복약도 있어야 하고, 야영을 하려면 텐트와 침낭도 필요할 텐데……."

"잠깐! 그런 걸 다 가지고 가려면 배낭이 너무 커질 거야. 난 그냥 회복약 정도면 충분해. 배고프면 사냥해서 먹으면 되고 잠이야 어디서 자든 난 상관없거든."

"안 돼요. 그럴 수는 없어요."

"나도 귀찮은 건 질색이야."

로이스 역시 이번엔 양보할 기색이 아니었다. 어디 느긋하게 여행하는 것도 아니고 커다란 배낭을 짊어지고 가는 건 너무 귀찮은 일인 것이다.

그러자 릴리아나가 잠시 고심하는 듯했다. 그러다 돌연 뭔가 좋은 생각이 났는지 두 눈을 빛냈다.

"아, 그러면 되겠군요. 이번 출정에는 정령들을 데리고 가세요.”

“정령들?”

“각 속성의 정령들을 하나씩 데려가면 그들이 로이스 님을 여러모로 편하게 모셔 줄 거예요.”

“꼭 그래야 해?”

로이스가 시큰둥한 표정을 짓자 릴리아나는 빙긋 웃으며 고개를 끄덕였다.

“그럼 제 얘길 한 번 들어 보세요. 로이스 님이 지도에서 본 스켈레톤 로드의 동굴은 여기서 꽤나 먼 곳이에요. 거긴 한 번도 가 보지 않은 곳인데 길을 잃지 않고 가실 자신 있어요?”

“그야 가다 보면 나오겠지.”

로이스는 머리를 긁적였다. 사실 로이스는 길눈이 그리 밝은 편은 아니었다. 그런데 솔직히 한 번도 가 본 적 없는 생소한 동굴을 지도 한 번 보고 과연 찾아갈 수 있을지 의문이긴 했다.

릴리아나가 의미심장한 미소를 지었다.

“그러나 바람의 정령이 동행하면 길을 따로 찾을 필요가 없어요. 그들은 지도에서 본 장소를 정확하게 찾아갈 능력이 있으니까요.”

“오! 그래?”

로이스는 반색했다. 듣고 보니 바람의 정령은 확실히 쓸모가 있어 보였다.

그러자 릴리아나가 어깨를 으쓱하며 다시 말했다.

"물의 정령이 있으면 어디서든 물 걱정을 할 필요가 없죠. 식수는 물론이고 언제든 깨끗이 몸을 씻을 수 있도록 도와줄 거예요."

"그것도 좋아."

"불의 정령은 로이스 님이 먹을 요리를 데워 주기도 하고 잠을 잘 때 따뜻한 기온을 유지시켜 춥지 않게 해 줄 거예요."

그러고 보니 불의 정령도 매우 필요한 존재였다. 뭔가를 구워 먹을 때도 불의 정령만 있으면 아주 편할 것이다.

"마지막으로 땅의 정령은 괴력을 가진 존재예요. 로이스 님 대신 배낭을 짊어질 수 있죠. 또한 흙을 이용해 자그만 움막 같은 건 아주 쉽게 지어 낼 수 있으니 굳이 텐트를 가져갈 필요가 없어요."

로이스는 고개를 끄덕였다. 확실히 정령들을 하나씩 데려가면 자질구레한 일에 신경을 쓰지 않아도 될 것이라 매우 편하긴 할 것 같았다.

"하지만 한 가지 문제가 있어. 싸움이 벌어지면 내가 그들을 보호하느라 전력을 다할 수 없단 말이야."

"그건 염려 말아요. 제가 정령들에게 미스토스를 부여해 유사시 안전 결계를 펼칠 수 있게 하면 되거든요."

"안전 결계? 그게 뭔데?"

"미스토스 결계의 일종이에요. 그 안에 있으면 적들의 눈에 띄지 않고 안전해요. 로이스 님의 전투가 시작되면 정령들은 안전 결계 속으로 숨어 스스로를 보호할 거예요."

"그렇다면 내가 반대할 이유가 없지."

사실 로이스가 혼자 가려고 하는 결정적인 이유는 강적이 나타났을 때 아군이 있으면 거추장스럽기 때문이었다.

그러나 정령들이 스스로를 보호할 능력이 있다면 상관없었다.

오히려 여러모로 유용한 도움을 받을 수 있으니 로이스로서는 반길 만한 일이었다.

"그럼 정령들을 차출할게요."

현재 릴리아나의 꽃밭에는 불의 정령을 제외한 각 속성의 정령들이 7명씩 고용된 상태다. 그들은 꽃밭 곳곳에 흩어져 각각의 임무를 수행하고 있었는데, 릴리아나는 로이스를 위해 정령들 중 가장 노련해 보이는 이들을 하나씩 추렸다.

또한 추가로 미스토스를 주고 불의 정령도 한 명 고용했다.

“바람의 정령 라샤예요. 로이스 님을 밖에서 모시게 되어 영광이에요.”

“물의 정령 퓨리랍니다. 제가 있으니 물 걱정은 하지 마세요.”

“땅의 정령 아리스입니다. 뭐든 힘쓰는 일이라면 다 맡겨 주십시오.”

“불의 정령 신디예요. 요리뿐 아니라 전투에도 저를 활용해 주세요.”

4명의 정령들이 공손히 인사했다. 로이스는 씩 웃었다.

“후후, 모두 잘 부탁해.”

그러자 퓨리가 생긋 웃으며 허리를 숙였다.

“뭐든 불편하신 게 있으면 저에게 말씀해 주세요.”

물의 정령 퓨리가 이들 중 대장이었다. 그녀가 딱히 강해서라기보다 가장 신중한 성격의 퓨리를 릴리아나가 정령부대의 대장으로 임명한 것이다.

“로드! 저도 데려가 주십시오!”

그때 마족 란델이 로이스의 출정 소식을 듣고 황급히 달려왔다. 로이스는 고개를 흔들었다.

“넌 내가 없는 동안 아시엘을 도와 아스피스 성을 지켜라. 그게 너의 임무야.”

“네, 로드. 이곳은 염려 마소서. 제가 목숨을 바쳐 지켜

내겠습니다."

란델은 아스피스 성을 지키는 것도 막중한 임무임을 알고 있었다.

그러자 이번에는 멀리서 란델의 눈치를 보며 전전긍긍하고 있던 라크아쓰가 잽싸게 다가와 말했다.

"로드시여! 오랜 출정을 떠나시다 보면 새 옷이 많이 필요하실 겁니다. 또한 제가 있으면 침낭도 따로 준비하실 필요가 없습니다. 부디 저를 데려가 주십시오."

라크아쓰는 매우 간절한 표정이었다. 란델이 로이스와 함께 출정을 떠난다면 모를까 이곳에 남아 있다면 그에게 재앙과 같은 상황이기 때문이다.

사실 란델은 라크아쓰 패거리에게 당했던 일은 그냥 넘어가기로 했지만, 그 같은 사실을 모르는 라크아쓰에게는 매순간이 두려움의 연속이 아닐 수 없었다.

그때 릴리아나가 잘됐다는 듯 고개를 끄덕이며 말했다.

"일리 있는 얘기예요, 로이스 님. 라크아쓰도 데려가세요. 전투가 벌어지면 정령들이 라크아쓰도 안전 결계를 통해 보호해 줄 거예요."

"좋아. 그럼 그렇게 하지."

로이스로서는 거절할 이유가 없었다. 라크아쓰야 이곳 성에 남아 있어 봤자 그다지 전력에 도움이 될 것도 아니다. 라크아쓰의 기괴한 능력이라면 어디서든 옷이나 이불 같은 것을 걱정하지 않아도 될 것이니 로이스의 여정에 도움이 될 것이다.

"케케케! 로드, 감사하옵니다. 저희들의 활약을 기대해 주십시오!"

로이스가 허락하자 라크아쓰는 신이 난 모양이었다. 그의 부하 네이더 12마리도 마찬가지였다.

*　　*　　*

잠시 후 모든 준비를 마친 로이스는 일행을 이끌고 꽃밭을 나섰다.

아스피스 성의 광장을 지날 무렵 아시엘과 타르파가 상기된 표정으로 달려왔다.

"로이스 님! 스켈레톤 동굴로 출정을 떠나신다고요?"

"응. 언제고 이 성에 위협이 될 녀석들이니 미리 제거해 버릴 생각이야."

"꽤 먼 곳이라 들었는데 부디 무사히 다녀오세요."

아시엘은 로이스가 성을 비우자 다소 걱정스러운 기색이었다. 사르곤 제국에서 조만간 또다시 원정군이 몰려올 수도 있기 때문이다.

"혹시 적이 쳐들어오면 저 녀석이 널 도와줄 거야."

로이스는 배웅 나온 마족 란델을 가리켰다. 아시엘의 두 눈이 휘둥그레 커졌다.

"저 소년은 설마?"

"후후, 맞아. 내 부하가 된 그 마족이야. 이번에 더욱 강해지면서 외모도 변했어. 내게 절대 충성하고 있으니 안심해."

그러자 란델이 아시엘을 향해 공손히 허리를 숙였다.

"용자 아시엘 님을 뵙습니다. 저는 로드이신 로이스 님의 명령을 받아 아시엘 님을 도울 것이니 뭐든 저의 도움이 필요하시면 말씀해 주십시오. 목숨이라도 바쳐 수행하겠습니다."

음침한 마족의 얼굴이 아닌 인상 좋아 보이는 소년의 얼굴이었다. 전혀 마족 같아 보이지 않았다.

아시엘의 입가에 안도의 미소가 피어났다.

"고마워요, 란델 경."

타르파 역시 희색이 만면했다.

"하하하! 이렇게 든든한 아군이 있으니 저희로서는 정말 안심입니다."

로이스는 손을 흔들었다.

"그럼 나는 이만 출정을 떠날게."

그러자 아시엘이 예쁜 보자기에 싸인 큼직한 상자 하나를 내밀었다.

“약소하지만 로이스 님께 도움이 되었으면 좋겠군요.”

“이게 뭐지?”

“성안의 이꼬트들이 정성스레 만든 최고급 이슬떡이에요.”

“최고급 이슬떡?”

상자 안에는 푸른 잎사귀에 곱게 싸인 떡 수십 개가 들어 있었다. 아시엘이 미소 지었다.

“이슬떡은 이꼬트들만이 만들 수 있는 특별한 떡이에요. 보통의 이슬떡은 몸에 보약과 같은 능력을 발휘하는 정도지만, 최고급 이슬떡은 매우 귀한 약이죠. 먹으면 체력과 마나의 회복이 빨라질 뿐 아니라 어지간한 상처도 금방 낫거든요.”

“떡에 포션의 효능이 있다는 거야?”

“네, 그리고 무엇보다 아주 맛있어요.”

사실 포션이라면 로이스도 충분히 준비해 가는 터라 굳이 필요 없었다. 그러나 아시엘이 이꼬트들과 함께 정성스레 준비한 것이 아닌가.

특히 효능을 떠나 맛있다는 것 하나면 가져갈 이유는 충분했다.

"고마워. 잘 먹을게."

로이스는 천천히 아껴 먹겠다 생각하며 흐뭇하게 미소 지었다.

그리고 잠시 후 아시엘과 미스토스 용병들의 배웅을 받으며 힘차게 성문을 나섰다.

*　　*　　*

아스피스 성을 나선 지 얼마나 지났을까.

"로이스 님, 이쪽이에요."

라샤는 녹색 빛의 투명한 그림자 여인 형상을 하고 있었는데 앞으로 빨리 쏘아져 나갈 때는 마치 녹색의 선처럼 보였다.

"다른 건 몰라도 길을 찾는 데 있어서는 저희 바람의 정령을 따라올 존재가 없을걸요."

"확실히 그건 맞는 것 같구나."

로이스의 칭찬에 라샤는 기쁜 듯 환하게 웃었다.

그러고는 다시 앞으로 나아갔다.

어느덧 뒤쪽에 있던 아스피스 성의 모습도 사라져 보이지 않았고, 사방은 황무지의 지평선이 펼쳐져 있었다.

라샤는 한 방향으로 꾸준히 이동했고, 로이스는 그 뒤를 묵묵히 따라갔다.

'바람의 정령 라샤를 데려오기 잘했어. 나 혼자였다면 이런 황무지에서 길을 잃었을지도 몰라.'

그렇게 길을 가다 밤이 되면 멈춰 서 야영을 하면 된다. 이럴 땐 땅의 정령 아리스가 아주 유용했다. 릴리아나가 챙겨 준 커다란 배낭을 짊어지고 있는 거구의 골렘이 다가와 말했다.

"로이스 님, 날이 어두워졌습니다."

"슬슬 야영을 해야지. 적당한 곳을 찾아봐."

"저기 언덕 위가 어떻겠습니까?"

"좋아! 그곳으로 해."

로이스가 야영 장소를 결정하자 아리스는 능숙한 솜씨로 움막을 세웠다. 땅이 흔들리는가 싶더니 돌과 흙더미가 위로 솟구쳤고, 그것들이 이내 작은 집의 형태로 변했다.

하나의 방과 거실이 분리된 작은 집이었다. 심지어 욕실도 보였다.

드드드! 좌악! 쑤우욱!

그뿐이 아니다. 곧바로 집 주위를 둥그렇게 둘러 높다란 석벽이 세워졌다. 인근의 돌과 작은 바위들을 이용해 튼튼한 석벽을 쌓은 것이다.

석벽의 네 방향에는 타워도 높게 세워졌는데 그 각각의

타워에는 정령들이 하나씩 망을 선다고 했다.

'우와!'

로이스는 두 눈을 휘둥그레 떴다. 릴리아나는 땅의 정령이 텐트 대용으로 쓸 만한 움막을 만들 거라고 말했는데. 대체 누가 이것을 움막이라고 부를 것인가?

투박하긴 하지만 작은 요새라 불러도 될 정도였다.

"이런 걸 순식간에 만들다니 정말 대단한걸."

"헤헤! 아닙니다. 저의 능력으로는 이 정도가 한계입니다. 좀 더 멋진 집을 만들어 드리면 좋겠지만 정령력이 부족해서……."

"이 정도면 충분해. 수고 많았다."

바위나 나무 위에서 밤을 보낸 적도 많았던 로이스에게 이런 집은 궁전이나 다름없었다.

한편 그사이 라크아쓰 역시 분주하게 움직였다. 그는 부하 네이더들로 하여금 재료를 모아 오게 한 후 그것을 열심히 씹었다.

으적으적! 쩝쩝!

그러던 일순 그의 꽁무니에서 갖가지 색의 거미줄이 나왔다.

쓱! 쓱!

드디어 거미줄 천짜기가 시작된 것이다. 그는 그렇게 만들어진 여러 천들을 엮어 로이스가 잠을 자는 데 필요한 침낭을 만들어 냈다.

로이스는 흡족하게 미소 지었다.

'다른 건 몰라도 저 능력만은 인정해 줄 만해.'

라크아쓰의 작업을 지켜보는 게 처음은 아니었지만 매번 볼 때마다 신기하긴 했다.

대체 누가 상상이나 하겠는가.

저런 험상궂은 형상의 거대 거미가 저토록 정교하게 옷이나 침낭을 만들 것이라고 말이다.

물의 정령 퓨리도 놀고만 있지 않았다.

로이스가 마실 시원한 물을 물병에 담아 놓았고, 땅의 정령이 만들어 놓은 욕조에 물을 가득 부어 놓기도 했다.

모닥불을 지피거나 욕조의 물을 따뜻하게 데워 놓는 것은 불의 정령 신디 담당이었다. 그녀가 집 곳곳에 조명 불꽃들을 만들어 두어 석벽 안쪽은 대낮처럼 환했다.

이러다 보니 로이스는 무척이나 편했다. 이렇게 되도록 미리 모든 걸 꼼꼼하게 챙겨 준 릴리아나에게 고마움을 느꼈다.

'릴리아나의 말대로 정령들을 데려오기 잘했어.'

정말로 로이스는 강해지는 것 외에 다른 건 신경 쓰지 않아도 되는 것이다.

그런 만큼 이 기회를 최대한 활용하는 게 현명하리라.

저녁을 먹고 잠시 휴식을 취한 로이스는 잠들기 전까지 수련을 하기로 했다.

이번에 챙겨 온 검을 쥐고 석벽 안쪽의 공터에 섰다. 공터의 공간은 로이스가 수련을 하는 데 불편이 없을 만큼 충분이 넓었다.

'할버드는 이제 혼자서 휘둘러 봤자 별 도움이 안 되니 검을 연습해 보자.'

현재 20단계까지 상승한 할버드 전술은 강적과 만나 전투를 수행해야만 미세하게 수련도가 상승한다.

반면에 검은 아직 전술도 생성되지 않았으니 혼자서 휘두르기만 해도 충분히 도움이 될 것이다.

"그럼 시작해 볼까?"

로이스는 전방의 공간을 향해 힘차게 검을 휘둘렀다.

"이얏! 이얏!"

휙! 휘휙!

그렇게 잠시가 지나자 곧바로 군주의 목걸이가 빛나며 앞에 글자가 나타났다.

[미스토스의 은총이 당신의 노력에 보상을 줍니다.]

[당신은 한 손 검 전술을 배웠습니다.]

[당신의 한 손 검 전술이 1단계가 되었습니다.]

"좋았어."

로이스는 쾌재를 불렀다. 바로 이것을 원했다. 이로써 로이스는 누가 가르쳐 주지 않아도 검을 더욱 능숙하게 휘두를 수 있게 되었다.

계속해서 로이스는 검을 휘둘렀다.

[당신의 한 손 검 전술이 2단계가 되었습니다.]

[당신의 한 손 검 전술이 3단계가 되었습니다.]

어느새 3단계!

단계가 하나씩 오를 때마다 로이스의 동작은 보다 절묘해졌다.

'생각보다 빨리 오르네.'

예전에 할버드 전술을 수련할 때에 비해 수월했다. 이는 당시에 비해 로이스의 레벨이 대폭 오른 터라 그만큼 전투 감각도 상승했기 때문이었다.

"이얏! 야아앗!"

휘획! 파파팟—

로이스는 검을 무작정 휘두르기보다는 어제 치열하게 싸웠던 플레인 백작의 동작을 떠올려 보았다.

특별히 기억하려고 노력한 것은 아니었지만 로이스의 뇌리에는 플레인 백작의 동작들이 하나도 남김없이 기억되어 있었다.

그때의 전투를 떠올리자 마치 지금 눈앞에서 전투를 벌이고 있는 것처럼 어제의 장면이 다시 펼쳐지는 듯했던 것이다.

이 또한 레벨이 상승하며 생겨난 신기한 능력인 것일까?

그러나 생각해 보니 그것은 로이스가 체란산에 있을 때도 가지고 있던 능력이었다. 몬스터들과 전투를 벌이고 나면 몬스터의 동작을 금방 따라할 수 있었으니까.

로이스가 체란산에서 무적으로 군림할 수 있었던 것은 단순히 유액을 마셔 미호가 넘쳐 났기 때문만은 아니었던 것이다.

오히려 큰 도움이 된 건 타고난 전투 감각이라 할 수 있었다.

“이얏! 이야아압!”

휘휘휙! 파팟—

로이스의 수련은 밤늦게까지 계속되었다.

[미스토스의 은총이 당신의 노력에 대한 보상을 줍니다.]

[당신의 한 손 검 전술이 5단계가 되었습니다.]

드디어 5단계!

오늘은 이 정도로 만족하고 그만 잠을 자기로 했다.

그래야 내일 아침 일찍 길을 떠날 수 있을 테니까.

"목욕을 하고 자 볼까?"

전신이 땀에 젖어 있으니 목욕을 하고 자야 개운하고 잠도 잘 올 것이다. 그러자 퓨리와 신디가 로이스의 목욕을 도와주었다.

물을 뿌려 주는 건 퓨리였고, 그 물의 온도를 적절히 맞춰 주는 건 신디의 일이었다.

사실 퓨리가 아니라면 이 황무지 어디에서 물을 구할 수 있을까?

목욕을 하는 건 물론이고 마실 물 한 모금도 쉽게 구하기 힘들 것이다.

욕조의 따스한 물에 몸을 담그자 퓨리가 어깨를 주물러 주며 로이스의 뭉친 근육을 풀어 주었다. 하루의 피로가 풀리는 기분이었다.

"오늘도 고생 많으셨어요. 출출하실 테니 이걸 드셔 보세요."

그사이 근처를 정찰하며 신선한 나무 열매를 구해 온 바람의 정령 라샤가 로이스의 입에 향긋한 과일을 몇 개 넣어 주었다.

와삭! 와삭! 오물오물.

열매는 상큼한 향이 나면서도 달콤했다. 로이스가 좋아하는 맛이었다. 욕조에 앉은 채로 과일을 먹은 로이스는 그만 목욕을 마치고 자기로 했다.

"이제 몸을 말려 드릴게요."

물에 젖은 로이스의 몸을 건조시키는 것 또한 바람의 정령이 할 일.

휘리릭.

라샤가 타래치듯 로이스의 몸을 몇 번 휘감자 물기가 말끔히 사라졌다.

완벽했다. 이러면 달리 수건도 필요 없다.

로이스는 곧바로 라크아쓰가 만들어 놓은 푹신한 침낭에 몸을 누였다.

"모두들 수고 많았어. 내일 보자고."

"네, 편히 주무세요, 로이스 님."

로이스가 자는 동안 정령들은 석벽의 네 방향에 위치한 타워에 각각 하나씩 올라서서 혹시 있을지 모를 적의 습격에 대비했다.

정령들은 따로 잠을 잘 필요가 없었다.

소모된 정령력은 가만히 서 있기만 해도 조금씩 회복되는 터라 타워 위에 있는 것도 일종의 휴식이나 마찬가지였다.

그러나 정령들과 달리 라크아쓰를 포함한 네이더들은 잠을 자야 한다.

그들은 석벽 안쪽과 바깥쪽 도처에 거미줄을 쳐 두고 잠이 들었다.

그 거미줄은 네이더들에게 푹신한 침대와 같은 기능을 제공하지만, 동시에 적들이 쉽사리 침투하지 못하게 하는 방어벽의 기능도 갖고 있었다.

그렇게 야영지의 밤이 지나갔다.

그리고 아침이 되어 로이스들은 다시 목적지를 향해 출발했다.

땅의 정령이 만든 집과 석벽은 그대로 먼지가 되어 흩어져 흙으로 돌아갔고, 곳곳을 밝혀 주던 조명 불꽃들도 자취를 감췄다.

혹시 나중에 누군가 이곳을 지난다 해도 그저 평평한 황무지만 보일 뿐, 간밤에 그럴듯한 요새형 집이 있었다는 사실은 꿈에도 알지 못할 것이다.

*　　*　　*

어느덧 로이스가 아스피스 성을 떠난 지 3일째.

다시금 날이 저물어 야영 시간이 다가왔다.

정령들과 네이더들은 로이스의 편안한 휴식을 위해 분주히 움직였다.

저녁을 먹고 로이스가 할 일은 검술 수련!

어젯밤 야영을 할 때도 로이스는 꾸준히 수련을 했고, 그로 인해 한 손 검 전술은 8단계까지 상승했다.

단계가 높아질수록 상승 속도가 떨어지게 되는 건 어쩔 수 없는 일.

'오늘은 10단계다!'

2단계만 올려 보자는 것이 로이스가 세운 오늘의 목표였다.

츠읏!

로이스가 검을 쥔 순간 미호의 기운이 검을 타고 환한 빛을 내뿜었다.

무기에 미호의 기운을 깃들이는 것!

이는 할버드를 다룰 때 이미 터득한 것이라 검술에도 금세 적용할 수 있었다.

"이야앗!"

곧바로 힘차게 검을 휘둘렀다.

휘리리! 스파팟—

로이스의 검이 절도 있게 사선과 곡선을 허공에 그려냈다.

미호의 기운이 깃들어 있다 보니 전방에는 흡사 폭풍이라도 몰아친 듯 세찬 바람이 일어났다.

한 손 검은 장병기인 할버드와 달리 무기의 길이가 짧아 다소 답답한 면도 있었지만, 그만큼 더 정교한 동작을 취하는 데는 유리했다.

"이야앗! 에잇! 야아앗!"

로이스는 마치 필생의 적수와 실전을 벌이는 것처럼 전력을 다해 검을 휘둘렀다.

그렇게 어느 정도 시간이 지나자.

[미스토스의 은총이 당신의 노력에 대한 보상을 줍니다.]

[당신의 한 손 검 전술이 9단계가 되었습니다.]

"후후, 좋았어."

로이스는 신이 나서 수련을 멈추지 않았다.

그렇게 밤이 늦었을 무렵.

[당신의 한 손 검 전술이 10단계가 되었습니다.]

드디어 목표했던 10단계가 되었다.

그런데 바로 그 순간.

스스스.

로이스의 앞에 웬 그림자 하나가 나타났다.

'저것은?'

로이스는 놀라지 않았다. 할버드를 수련할 때 이미 저 같은 그림자와 만난 적 있었으니까.

다만 지금은 그때 봤던 육중한 체구의 그림자가 아닌 다소 날렵한 몸매를 가진 그림자였는데 한 손에 검을 쥐고 있었다.

Chapter 11
스켈레톤 동굴

'또 다른 그림자 스승인가?'

그림자가 자신을 일컬어 스승이라 말한 적은 없지만, 로이스는 자신에게 유용한 기술을 알려 준 그림자를 스승이라 생각했다.

그동안에는 매번 동일한 모습의 그림자가 나타나 기술을 알려 줬기에, 그림자가 한 명뿐이라 생각했다.

그러나 오늘은 확실히 다른 형태의 그림자였다.

설마 무기가 바뀌니 그림자도 바뀐 것일까?

스윽.

한편 로이스가 쳐다보자 그림자는 곧바로 검을 움직이기

시작했다.

휘익! 슥!

검을 전방으로 크게 휘둘렀다가 곧바로 뒤로 빠지는 동작.

'단순한 동작이군.'

로이스는 망설임 없이 그림자를 따라했다.

휘익! 슥!

처음 해 보는 것이었지만 거의 완벽하게 동일한 동작.

그러자 그림자가 만족스럽다는 듯 고개를 끄덕였다. 곧바로 그림자의 전신이 환한 빛에 휩싸였다.

휘익!

그리고 그림자가 다시 취한 동작! 그것은 방금 전과 동일했다. 전방으로 강하게 검을 휘두르는 동작이었으니까.

그러나 이전과는 아주 확연한 차이가 있었으니!

놀랍게도 그림자와 동일한 형상의 또 다른 그림자가 생겨나 전방으로 공격을 가한 것이었다. 그사이 본래 그림자는 은밀하면서도 빠르게 이동해 전방을 다시 공격했다.

파앗!

그것이 끝이었다. 로이스의 입가에 미소가 피어났다.

'가짜로 공격을 하는 척하고 실제는 뒤쪽으로 돌아 기습을 하라는 뜻이군.'

아무런 설명도 없었지만 로이스는 단번에 그 뜻을 이해했다.

그런 건 기술로 배울 필요도 없이 이미 본능적으로 터득한 기초적인 방법인데.

기껏 그런 걸 가르쳐 주려고 나타났다는 것인가.

로이스는 왠지 실망스러웠다.

스윽.

그때 그림자는 로이스에게 슬쩍 고개를 끄덕이고는 사라지려고 했다.

"잠깐! 당신들은 대체 누구지? 왜 내게 나타나 기술을 가르쳐 주는 거야?"

"……."

그러자 그사이 반쯤 흐릿하게 변한 그림자가 힐끗 다시 로이스를 쳐다보더니 한 손을 들어 목 아랫부분을 가리키고는 사라졌다.

'목의 아래?'

그게 대체 무엇을 의미하는지 이해하는 건 어려운 일이 아니었다.

바로 펜던트가 걸려 있는 부위였으니까.

투명한 상태로 로이스의 목에 걸려 있는 목걸이 말이다.

'그러니까 이 군주의 목걸이 때문에 벌어진 일이었다는

거야?'

역시나 그러면 그렇지. 로이스는 비로소 군주의 목걸이가 가진 또 다른 비밀을 알아낸 것이다.

스스스.

그사이 로이스의 시야에 나타난 글자들.

[미스토스의 은총이 당신의 노력에 대한 보상을 줍니다.]

[당신은 한 손 검 기술인 절호의 일격을 배웠습니다.]

이번에 그림자를 통해 배운 새로운 기술은 다름 아닌 절호의 일격이라는 것이었다.

* 절호의 일격(1단계)

—한 손 검의 공격 기술

—시전 거리 : 20로빗(20미터)

—미호의 힘이 깃든 그림자 분신이 쏘아져 나가 적을 한 번 공격함. 그 순간 본신은 일시적으로 투명해짐과 동시에 은신 상태가 됨. 은신 상태로 적을 기습 시 공격력이 대폭 증가.

—소모 미호 : 200

—시전 방법 : 한 손 검을 적에게 겨눈 채 '절호의 일격'이라고 외친다.

'이, 이건!'

기술의 설명을 읽어 본 로이스는 깜짝 놀랐다.

예상했던 것과는 차원이 다른 엄청난 기술이었기 때문이다.

'분신? 투명화?'

그냥 적을 공격하는 척하다가 다른 곳을 공격하는 단순한 기술이 아니다.

놀랍게도 분신을 만들어 내 적을 공격시킴과 동시에 본신은 투명화 상태로 변해 적의 배후를 공격하는 엄청난 기술이었다.

'이런 게 진짜 가능한 거야?'

의문을 가질 필요 있겠는가. 바로 펼쳐 보면 알게 될 것이다.

미호가 200이나 소모되긴 하지만 정말로 그런 위력이 있다면 유사시 적에게 치명적인 피해를 입힐 수 있으리라.

'저게 좋겠군.'

로이스는 석벽의 밖으로 나간 후 자그만 바위 앞에 섰다.

그러고는 한 손 검을 겨눈 채 심호흡을 했다.

"절호의 일격!"

그렇게 외치자 전방으로 로이스와 동일한 형상을 한 분신이 쏘아져 나갔다.

'저럴 수가!'

분신의 모습이 얼마나 똑같은지 로이스 자신도 놀랄 지경이었다.

퍼억!

게다가 더욱 놀라운 일은 그 분신이 단순히 허상이 아니라 실체를 가지고 있다는 것! 검을 휘둘러 바위를 가격하자 바위가 살짝 파였던 것이다.

'대단해. 진짜 공격이 들어갔어.'

물론 위력은 매우 약했다. 로이스가 직접 검을 휘둘렀으면 별다른 기술을 쓰지 않아도 저 바위는 박살이 나 버렸을 것이다.

그런데 지금 위력이 무슨 상관인가.

지금 나가 공격을 펼친 이는 분신인 것이다.

아무리 약한 공격이라도 그것이 실체인 이상 적은 분명 위협을 느끼게 된다. 설마 그것이 분신의 공격이라는 사실은 어찌 알 수 있을까?

그사이 본신은 완벽한 투명화 상태로 변해 버린다.

지금처럼 말이다.

'나도 내 몸이 안 보여.'

게다가 더욱 기막힌 건 이런 투명화 상태에서 이동 속도가 꽤 빨라진 느낌이었다. 이대로라면 적이 분신의 공격을 방어하며 주춤하는 사이 잽싸게 그의 후면으로 이동하는 것도 어려운 일은 아니리라.

팟.

곧바로 투명화 상태가 풀렸다.

정말 잠깐의 시간이었다. 눈을 한두 번 감았다가 뜨면 지나가 있을 정도로 짧은 시간.

'그래도 꽤 쓸 만한 기술을 얻었구나.'

실패하면 두 번 다시 적에게 같은 공격이 통하지 않겠지만, 그 한 번의 공격이 제대로 먹히면 적을 아주 가볍게 제압할 수 있을 것이다.

'오늘은 여기까지 해야지.'

로이스는 뿌듯한 기분으로 수련을 멈췄다.

곧바로 정령들의 시중을 받으며 목욕을 한 후 개운한 상태로 잠을 청했다.

*　　*　　*

이튿날 아침.

라샤를 따라 반나절 정도 이동하자 멀리 앞쪽에 울창한 숲이 모습을 드러냈다. 앞서 가던 라샤가 돌연 뒤를 돌아보며 크게 외쳤다.

"로이스 님! 저기 브라키스 숲이에요."

"오! 드디어!"

로이스는 환호했다. 스켈레톤 동굴은 저 숲의 북쪽 지하에 위치해 있으니 이제 목적지에 거의 도착한 것이다.

그런데 무슨 일인지 숲 쪽으로 다시 접근하던 라샤가 멈춰 서더니 난처한 표정을 지었다.

"이런! 저는 더 이상 갈 수가 없어요."

"그게 무슨 말이야?"

"저 앞에 결계가 펼쳐져 있는 것 같아요. 결계 안에서 저의 미약한 정령력으로는 버티기 힘든 마기가 느껴져요."

"그렇군."

로이스는 고개를 끄덕였다. 라샤가 있는 곳에 도착하자 과연 심상치 않은 마기가 숲에서 느껴졌던 것이다.

물의 정령 퓨리도 안색을 굳히며 말했다.

"저 역시 저 안으로 들어가는 건 불가능해요. 대체 누가 숲 전체를 결계로 둘러놨을까요?"

"저도 접근할 수 없습니다."

“저도 불가능해요.”

아리스와 신디 역시 난색을 표했다. 라크아쓰 패거리 역시 숲을 향해 큰 두려움을 느끼는 듯했다.

“아마도 그 스켈레톤 로드란 녀석이겠지. 그놈이 벌써 숲을 장악한 게 분명해. 너희들은 이곳에서 안전 결계를 펼쳐 두고 대기하는 게 좋겠어. 저 안엔 나 혼자 들어갈 테니까.”

“네, 로이스 님. 뜻에 따르겠어요.”

정령들은 즉각 안전 결계를 펼쳤다. 릴리아나가 부여한 미스토스의 힘으로 만든 안전 결계는 외부의 존재들에게 철저히 은폐되어 발견이 불가능했다.

그러나 로이스에게만은 그들의 모습이 선명히 보였다.

결계 안으로 땅의 정령 아리스가 평소 야영할 때처럼 외곽에 석벽을 두른 요새형 집을 건설하기 시작했다.

따라서 유사시 로이스에게는 이곳이 훌륭한 휴식처가 될 것이다.

혹시라도 스켈레톤들과의 전투가 길어지게 된다면 말이다.

그러나 로이스는 가능한 속전속결로 끝낼 생각이었다.

“그럼 난 들어가 보겠다.”

“혹시 모르니 이걸 가져가세요, 로이스 님.”

퓨리가 작은 배낭에 몇 가지 물건을 챙겨 주었다. 배낭에는 그녀가 직접 만든 포션 5병과 이꼬트들이 만든 이슬떡 5개가 들어 있었다.

로이스가 많은 짐을 가지고 다니는 걸 귀찮아하는 터라 최소한의 짐만 챙겨 준 것이었다.

"이슬떡은 회복 효과뿐 아니라 공복 제거 효과도 있으니 배고플 때 드셔도 될 거예요."

"알았어."

로이스는 만면에 미소를 지었다. 그러고 보니 이슬떡이 있었다는 사실을 깜빡하고 있었는데 잘된 것이다.

과연 어떤 맛인지 당장 먹어 보고 싶긴 하지만, 단순한 음식이 아니라 회복약이다 보니 일단 참기로 했다.

'그럼 들어가 볼까?'

로이스는 숲을 향해 걸어갔다. 결계가 펼쳐져 있지만 뚫고 진입하는 건 어려운 일이 아니었다.

검은 허리에 차고 할버드를 쥐었다. 아직은 검술보다 할버드 전술의 단계가 높기 때문이다.

특히 할버드에 부착되어 있는 파괴의 마력석 때문에 할버드의 위력이 훨씬 강력한 것은 당연한 일.

쾅!

결계를 할버드로 휘두르자 앞쪽의 공간이 찢어지며 틈이

드러났다.

마기가 물씬 풍기는 공간.

로이스는 망설임 없이 그 안으로 들어갔다.

'숲 전체가 짙은 마기로 휩싸여 있어. 그놈은 틀림없이 마족이야.'

지하 동굴뿐 아니라 외부의 숲까지 이렇게 마기로 장악한다는 건 마족이 아니면 불가능한 일.

스켈레톤 로드는 예상했던 것보다 훨씬 강한 녀석일 수도 있었다.

'그보다 마기 때문인 것일까? 숲에서 생기가 거의 느껴지지 않아.'

멀리 있을 때는 몰랐는데 숲 안에 들어와 보니 뭔가 이상했다.

나무들은 죽어 가고 풀들은 대부분 말라 버렸다.

지저분한 바닥 도처에 굴러다니는 것은 이미 죽어 버린 동물이나 몬스터의 뼈들뿐이었다.

꿈틀.

그런데 일순 바닥에 널브러진 뼈들이 진동을 내며 움직이기 시작했다.

꿈틀. 꿈틀.

잘못 봤나 싶었지만 아니었다. 도처에서 뼈들이 마치 살아 있는 듯 벌떡 벌떡 일어났다.

"키키키키!"

"끄우우우!"

그것들은 음침한 괴성을 흘리며 로이스가 있는 쪽으로 몰려왔다.

대부분 숲의 동물들과 몬스터들이었는데, 그중 몬스터들의 뼈가 압도적으로 많았다.

살아 있을 때 리자드맨이라 불리던 몬스터들!

그러고 보니 메르카 숲에서 로이스를 피해 도주했던 리자드맨 중 일부가 이곳에서 언데드가 되어 있었던 것이다.

"모두 스켈레톤 로드에게 몰살당했나 보군."

꿈에 봐도 무서운 언데드들의 모습을 보고도 로이스는 눈 하나 깜빡하지 않았다.

"내가 할 일을 대신해 주니 고맙긴 하지만."

어차피 로이스는 이곳으로 도주한 몬스터들과 마물들을 해치울 생각이었다. 확실히 정리해 두지 않으면 언제고 아스피스 성을 위협할 수 있기 때문이다.

그런데 스켈레톤 로드 덕분에 그럴 걱정은 덜었다.

다만, 그것들이 그냥 죽은 것이 아니라 언데드로 부활했으니 문제였다.

'이따위 녀석들을 상대하며 시간을 낭비할 수는 없지.'

곧바로 언데드 리자드맨들을 노려보는 로이스의 두 눈이 섬뜩하게 빛났다.

"난 스켈레톤 로드 녀석을 해치우러 왔으니 모두 비켜라."

순간 로이스의 전신에서 강력한 위압감이 뿜어져 나왔다.

포식자의 위압!

현재 장착 중인 칭호인 마물 학살자가 주는 강력한 공포 효과가 언데드들을 향해 발휘된 것이다.

이 앞에서 마물들은 로이스를 두려워 피하게 되어 있었다.

과연 로이스를 향해 몰려오던 언데드 리자드맨들이 일순 움찔하며 멈춰 섰다. 심지어 그중 일부는 뒷걸음질 치기도 했다.

'역시 통하는군.'

로이스는 회심의 미소를 지으며 앞으로 걸어갔다.

그런데 그사이 잠시 주춤하던 언데드 리자드맨들이 다시금 흉포한 기세를 흘려 내며 몰려오는 것이 아닌가?

"키키키! 감히 생명을 가진 존재가 이 망자의 숲에 들어오다니!"

"크우우우! 망자의 로드를 경배하라!"

"그리하면 그대 또한 영원한 삶을 살게 될 것이다."

언데드들의 입에서 튀어나온 기괴한 음성들. 여러 언데드들이 외치고 있지만 실상은 그들을 조종하는 한 존재로부터 비롯된 것임을 로이스는 즉각 눈치챘다.

"네가 스켈레톤 로드냐? 어둠 속에서 비겁하게 숨어 있지 말고 나와라."

이 중 어떤 언데드를 향해 외쳐도 스켈레톤 로드가 알아들을 것이다. 아니나 다를까, 가장 앞에 서 있는 언데드 리자드맨이 로이스를 잡아먹을 듯 노려보며 외쳤다.

"나를 알고 있는 너는 누구냐?"

"내 이름은 로이스다."

"이름 말고 정체를 밝혀라."

그 말에 로이스는 어깨를 으쓱했다. 벌써 이 질문을 몇 번째 듣는 건지 모른다. 마족들이건 사르곤 제국의 인간들이건 로이스를 보면 항상 이 질문을 했기 때문이다.

"귀찮게 하는군. 어쨌든 궁금해하니 말해 주지. 나는 용자 아시엘의 용병 로이스다. 이제 됐나?"

"뭣이! 용자의 용병이라고?"

앞에 있던 언데드 리자드맨의 몸체가 부르르 떨렸다. 그러더니 이내 퀭한 동공에서 시뻘건 빛이 번쩍였다.

"그렇지 않아도 그곳을 노리고 있었는데 잘됐구나. 네놈을 죽여 언데드 선봉장으로 삼아 용자의 성을 쓸어버릴 것이다."

역시나 로이스가 생각했던 대로였다.

스켈레톤 로드는 아시엘의 성을 노리고 있었다. 로이스가 먼저 오지 않았다면 조만간 언데드 군단을 이끌고 공격해 왔을 것이 분명했다.

로이스는 코웃음 쳤다.

"날 죽여 언데드 선봉장으로 삼겠다? 능력이 된다면 어디 한 번 그렇게 해 봐."

"크크크, 보채지 않아도 곧 그리될 것이다."

로이스는 할버드를 앞으로 겨누며 싸늘히 외쳤다.

"이따위 언데드들로는 날 막지 못한다. 쓸데없이 시간 끌지 말고 네가 직접 나오는 게 좋을 거야."

"크카카카카카! 하찮은 용병 따위가 날 직접 상대하겠다는 건가. 어디 과연 그럴 자격이 있는지 증명해 보아라."

그 말이 끝나는 순간 사방에서 로이스를 포위하고 있던 언데드 리자드맨들이 일제히 달려들었다.

자격의 증명이라니. 이 언데드들을 모조리 해치워야 나타나겠다는 것인가.

하긴 놈이 순순히 모습을 드러낼 것이라고 기대는 안 했다.

로이스는 달려드는 언데드들을 향해 할버드를 마구 휘둘렀다.

이런 하급 언데드들을 상대로 울프 슬래시나 스톰 크러시 같은 기술을 쓰는 건 미흐를 낭비하는 일.

퍽! 팍! 콰직!

할버드에 정통으로 맞으면 가루로 변해 흩어졌고 대충 스치기만 해도 언데드들은 그대로 부서지며 주저앉았다.

“키키키키! 이…… 인간! 주…… 죽인다!”

“크키키키! 새…… 생명의 기운을 내놓아라.”

그런데 언데드들은 끝도 없이 달려들었다. 그만큼 숫자가 많기 때문이었다.

숲 전체가 언데드들로 가득한 상태다. 그것들이 모조리 한곳으로 몰려들고 있으니 이런 상황에 놓이면 누구라도 기겁하지 않을 수 없으리라.

물론 로이스는 예외였다.

“얼마든지 와라. 모조리 없애 줄 테니까.”

팍팍팍! 콰지직! 파스스스—

할버드가 한 번 번쩍일 때마다 한 번에 서너 마리의 언데드들이 가루로 변했다.

그렇게 얼마의 시간이 흘렀을까?

어느덧 주변은 온통 부서진 뼈들의 잔해로 가득 찼다.

로이스는 그것들을 밟고 우뚝 서 있었다.

시커먼 몬스터들의 뼈들이 산처럼 쌓여 있는 광경은 실로 섬뜩해 보였지만 로이스는 담담했다. 심지어 지친 기색도 없었다.

"후후, 이놈들로 날 지치게 할 생각이었다면 착각이야. 쓸데없이 마력만 낭비하지 말고 당장 튀어나와라."

어디선가 스켈레톤 로드가 듣고 있을 것이란 생각에 로이스는 다시 크게 외쳤다.

그러자 근처에 있던 뼈들 중 하나가 합체되며 불쑥 솟아올랐다.

커다란 덩치의 언데드 리자드맨!

반쯤 깨진 두개골의 휑한 두 동공에서 시뻘건 빛이 번쩍였다.

"제법이구나, 인간 용병이여! 그러나 고작 그 정도로는 날 만날 자격이 없다."

그 말이 끝나는 순간 숲 전체가 세차게 진동했다. 마치 지진이라도 일어난 듯 땅이 이리저리 흔들리는 것이었다.

우르르르!

급기야 로이스를 중심으로 주변의 땅이 움푹 꺼지듯 내려앉아 버렸다.

쿠웅! 와르르르!

바위와 흙, 수많은 뼛조각들과 함께 로이스는 추락했다.

로이스는 지면에 충돌하기 직전 훌쩍 한 바퀴 회전하며 부드럽게 착지했다.

이는 그가 의식하지 않아도 몸이 본능적으로 반응하며 행한 동작이었다.

'여기는 어디지? 동굴 같은데?'

작은 빛조차 들지 않는 지하 동굴. 다행히 로이스는 암흑 속에서도 불편하지 않게 사물을 분간할 능력이 있었다.

'스켈레톤 동굴로 들어온 게 분명해.'

땅이 꺼져 내렸다면 위쪽이 트여 하늘이 보여야 정상일 것이다. 그러나 그사이 위쪽은 애초부터 무너져 내리지 않은 듯 동굴의 천장이 자리 잡고 있었다.

이는 스켈레톤 로드가 알 수 없는 힘으로 로이스를 동굴로 끌어들였음을 의미했다.

"비겁하게 숨지 말고 어서 나와라!"

로이스가 크게 외쳤지만 아까와 달리 이번에는 아무런 응답조차 없었다.

대신 중갑으로 무장한 스켈레톤들이 로이스를 향해 하나둘 접근하고 있었다.

척척척!

스켈레톤들은 투구를 내려쓰고 판금 갑옷을 전신에 두르

고 있는 터라 언뜻 보면 그것들의 정체를 알아보기 힘들었다.

로이스 역시 이곳이 스켈레톤의 동굴이라는 사실을 미리 알고 있지 않았다면 저것들의 정체에 대해 적지 않게 궁금해 했을 것이다.

"쓸데없는 짓을 하는군."

로이스는 싸늘히 웃었다. 언데드들이 중갑으로 무장을 했다 해서 달라질 것은 없었다. 그래 봤자 어차피 할버드 한 방을 못 버티고 으스러져 버릴 테니까.

퍽! 퍼억!

과연 파괴의 마력이 깃든 할버드의 공격 앞에 스켈레톤 중갑 전사들은 무력했다. 할버드에 스치기만 해도 철갑은 종이처럼 찢겨 나갔고, 정통으로 맞으면 마치 증발하듯 연기처럼 변해 사라졌다.

그렇게 순식간에 20여 마리의 스켈레톤 중갑 전사들을 해치운 로이스는 주위를 살폈다.

'여러 갈래의 길이 있군. 어디로 가야 그놈이 있는 거지?'

보아하니 스켈레톤 로드는 로이스의 앞에 나타날 생각이 없는 듯했다. 따라서 로이스는 자신이 직접 놈이 있는 곳을 찾아볼 생각이었다.

문제는 이곳이 미로의 형태로 되어 있다는 것!

로이스는 오래 고민하지 않았다.

어차피 길을 모르는 상황이니 고민하기보다 그냥 아무 곳이든 일단 가 보기로 했다.

가다가 막히면 다시 돌아오면 될 테니까.

'이쪽으로 가 볼까?'

로이스는 네 갈래의 길 중 가장 오른쪽을 선택해 전진했다.

그렇게 잠시 걷자 돌연 천장에서 녹색의 액체가 주르륵 흘러내리는 것이 아닌가?

치이이!

그 액체는 바닥에 닿자 시커먼 연기를 내며 타올랐다. 그뿐이 아니다. 곧이어 양쪽 벽에서도 녹색 액체가 쏟아져 내렸다.

'독?'

단순한 독이 아니라 독의 함정이었다. 한 방울만 닿아도 전신이 녹아 버릴 것 같은 강력한 독!

물론 로이스는 이미 그 반경에서 벗어나 있었다. 그는 저 정도 얕은 함정에 빠질 만큼 호락호락하지 않았다.

그렇게 독 함정을 지나치자 다시 여러 갈래의 동굴이 나왔다.

그리고 계속해서 그런 식이었다.

어느 길을 선택하든 그곳에는 함정이나 매복해 있는 스켈레톤 전사들이 있었다.

그런 상황이 한두 번도 아니고, 일이십 번도 아니고, 가히 끝도 없이 반복되고 있으니!

'젠장! 미로에 갇히고 말았어.'

로이스는 생각보다 일이 골치 아프게 되었음을 알고는 한숨을 내쉬었다.

그는 이런 식으로 잔머리를 굴리며 시간을 끄는 적이 제일 싫었다.

두렵다기보다 귀찮아서다.

대부분 이쯤 되면 미로 속에 갇혀 있다는 공포를 느끼거나 혹은 그만 포기하고 다음을 기약하려는 마음을 가지게 되지만, 오히려 로이스는 더욱 투지를 불태웠다.

'무슨 일이 있어도 반드시 그 마족 놈을 찾아서 없애 버린다.'

어느덧 시간이 꽤 흘렀는지 허기가 졌다. 로이스는 허리춤에 매단 작은 가방에서 이슬떡 1개를 꺼내 씹었다.

우걱! 우걱!

이꼬트들이 정성스레 만들었다는 이 떡의 맛은 과연 기막혔다.

쫄깃쫄깃한 데다 씹을수록 향긋한 냄새가 입안 가득 찼다.

게다가 신기하게도 고작 한 개를 먹었을 뿐인데 배가 불렀다.

공복이 해결된 데다 마치 충분한 휴식이라도 취한 것처럼 신체 상태가 최상으로 돌아왔다.

'생각보다 훨씬 대단한 효능인걸.'

아시엘이 최고급 이슬떡 어쩌고 하며 무척 좋은 것이라고 말할 때만 해도 그러려니 했는데, 한 번 먹어 보니 비로소 그 진가를 알 수 있었다.

이에 반해 물의 정령 퓨리가 만든 회복약은 상처를 빠르게 치료하는 데는 충분한 효능이 있지만, 이처럼 공복이 해결되거나 휴식을 한 것처럼 최적의 상태로 돌려놓지는 못했다.

게다가 더욱 기막힌 것은 전투 중 소모했던 미흐도 상당량 회복되었다는 것!

'이 떡들만 있으면 적이 아무리 많아도 두렵지 않겠어.'

이런 걸 만들다니! 그렇지 않아도 귀엽게 생긴 이꼬트들이 더욱 귀엽게 느껴졌다.

문제는 지금 가방에 남은 이슬떡은 4개뿐이라는 것.

나머지는 숲 바깥에 있는 정령들이 보관하고 있었다.

이렇게 동굴의 미로에 갇힐 줄 알았으면 이슬떡을 좀 더 가져왔으면 좋았으리라.

'이럴 때가 아니야. 어서 그놈을 찾아 없애야 해.'

본래는 이슬떡을 먹은 후 잠시 휴식을 취할 생각이었다. 그러나 신체 상태가 최상으로 돌아온 터라 굳이 그럴 필요가 없었다.

로이스는 다시 동굴을 누비기 시작했다.

함정이 나타나면 함정을 파괴하고, 스켈레톤들이 나타나면 그것들을 모조리 해치워 버렸다.

'무식한 방법이긴 하지만 어쩔 수 없지.'

다른 좋은 방법이 있다면 모를까 현재 로이스가 할 수 있는 최선의 방법이었다.

팍팍! 와직! 콰콰쾅!

어떤 일이든 처음에는 생소하지만 반복하다 보면 익숙해지는 법.

그것은 로이스가 동굴의 함정을 파괴하는 데도 동일하게 적용되었다.

끝도 없을 것 같았던 동굴 속의 미로들을 바람처럼 누비며 눈에 보이는 모든 함정들을 파괴하고, 언데드들을 하나도 남김없이 해치웠다.

그러다 보니 어느 순간부터 이 복잡한 미로의 구조를 하나씩 기억할 수 있었다.

'여기는 왔던 곳이고, 저쪽도 가 본 곳이야. 그럼 이번엔 중앙이다.'

로이스는 자신이 한 번도 가 보지 않은 길을 계속 발견해 냈고, 그런 식으로 미로의 출구를 향해 차분히 전진했다.

Chapter 12
대마법사 나칸

한편 사르곤 제국의 황궁. 화려한 장식들로 치장된 거대한 대전에서는 중대한 회의가 열리고 있었다.

대전의 옥좌에 앉아 금빛의 왕관을 쓰고 있는 노인.

그가 바로 현 사르곤 제국의 황제인 이비아스 대제였다.

어좌 아래로 재상과 대마법사를 비롯한 제국의 대신들이 시립해 있었는데, 무슨 일 때문인지 모두의 표정은 심각해 보였다.

이비아스가 인상을 찌푸리며 말했다.

"그러니까 플레인 백작을 포함한 원정군이 모두 전멸했다는 것인가? 그런 말도 안 되는 일이 벌어지다니 믿을 수 없군."

그러자 붉은 로브를 입은 온화한 인상의 노마법사가 눈을 빛내며 대답했다.

"간악한 마녀 아시엘이 드디어 마수를 드러낸 것이 분명하옵니다. 하여 소신이 진작부터 그 마녀를 제거하시라 폐하께 간언드렸던 것이옵니다. 이제라도 늦지 않았사옵니다. 어서 대규모 원정군을 보내 아시엘을 멸하시옵소서, 폐하."

그가 바로 제국의 대마법사 나칸이었다.

대륙 모든 마법사들의 우두머리이며 황제인 이비아스 대제의 스승이기도 한 그는 제국의 실세 중 실세로 권력의 중심에 위치해 있었다.

이는 그만큼 황제가 나칸을 전적으로 신뢰하며 모든 정사를 결정하는 데 있어 그의 말을 듣기 때문이었다.

황제가 그런 상황이니 대신들은 오죽하겠는가.

나칸의 뜻에 불만을 품은 이들도 적지 않았지만 대놓고 그것을 드러낼 만큼 배짱 있는 이들은 많지 않았다.

반면에 나칸에게 잘 보이기 위해 그의 뜻을 지지하는 이들은 수두룩했다. 재무 대신 또한 그중 하나였다.

"폐하, 소신 또한 대마법사의 말이 틀리지 않다 여기옵니다. 하니 소규모 원정군이 아닌 대규모 원정군을 보내시어 사악한 마녀 아시엘과 관련된 이들을 모조리 멸족하시옵소서."

"소신도 간청드리옵니다, 폐하. 대규모 원정군을 보내시옵소서."

"거짓된 전설로 인해 민심이 흉흉하옵니다. 속히 아시엘을 제거하시옵소서, 폐하."

대신들이 거들자 나칸의 입가에 득의의 미소가 맺혔다. 곧바로 그는 다시 크게 외쳤다.

"부디 숙고하여 주시옵소서, 폐하. 그것이 민심을 바로잡고 제국의 안위를 돌보기 위한 최선의 선택이옵니다."

이비아스가 고개를 끄덕였다.

"그대들의 뜻을 잘 알겠다. 나 또한 그대들과 생각이 같으니 염려들 말라. 하면 이번 원정군의 규모는 어느 정도로 하는 것이 좋겠는가?"

그러자 나칸이 기다렸다는 듯 대답했다.

"북부 세베르 영지 최강의 검사라 불리던 플레인 백작이 당했사옵니다. 그것은 아시엘의 휘하에 무시할 수 없는 실력의 존재가 있음을 의미하옵니다."

"대체 누가 그를 돕고 있다는 말인가?"

"소신의 생각으로는 아마도 마왕과 관련된 이들이 아닐까 하옵니다."

그 말에 황제뿐 아니라 대전 안의 모든 대신들이 깜짝 놀라는 표정을 지었다.

"지금 무어라 했나? 마왕이라고?"

"예, 폐하. 그렇지 않다면 변방 소국의 공주에 불과했던 아시엘이 어찌 제국의 소드 마스터 플레인 백작을 당해 낼 수 있겠사옵니까?"

그러자 다른 대신들도 나칸의 말에 동조했다.

"아시엘이 전설의 용자가 아니라 사악한 마녀이며, 장차 마왕을 강림시켜 제국을 멸망코자 획책할 대역무도한 존재임은 이미 알 만한 이들은 다 알고 있는 사실이옵니다, 폐하."

"아무리 그렇다 해도 마왕이라니 너무 억측이 아닌가?"

황제가 고개를 갸웃하자 나칸이 다시 대답했다.

"절대 억측이 아니옵니다. 소신은 이번에 플레인 백작을 쓰러뜨린 존재가 마왕의 권속인 마족이라 추정하고 있사옵니다. 하여 이번 원정군은 최소 오만 이상의 대군으로 꾸려야 할 것이옵니다."

"오만이라. 한낱 변방의 공주 하나 잡는 데 오만이나 되는 병력을 보내자는 것인가?"

황제는 기가 막힌 듯했다. 나칸은 얼굴을 굳힌 채 더욱 크게 외쳤다.

"그것도 부족할지 모르옵니다. 북부의 군소 왕국들에게도 병력을 요청하여 적어도 오만의 파병군이 출정케 하옵소서, 폐하!"

사실 나칸은 내심 무척이나 초조한 상태였다.

'비쿠스가 죽었다는 건 계약의 두루마리로 소환된 마족도 당했다는 뜻이다. 이는 아시엘이 벌써 용자로서의 능력을 각성했음을 의미할 것이다. 지금 해치우지 않으면 나중엔 나로서도 그녀를 어찌할 수 없을 터. 반드시 이번에는 제거해야 할 것이다.'

그렇다. 나칸은 아시엘이 마녀가 아니라 전설이 말하는 용자라는 사실을 아주 잘 알고 있었다.

그러나 그는 용자와 대적해야 하는 운명! 이는 그가 이때를 위해 오래전 마왕과 계약을 맺었기 때문이다.

즉, 나칸은 지금 황제를 비롯한 모두를 속이고 있는 것이었다.

진짜 마왕과 관련된 인물은 바로 나칸이라는 사실을 아무도 몰랐다.

반대로 나칸의 말만 철석같이 믿고 아시엘을 마왕의 하수인으로 생각하고 있을 뿐.

그런데 그때였다.

"폐하! 아직 아시엘 공주가 사악한 마녀라는 명확한 증거는 밝혀지지 않았사옵니다. 이 일은 결코 쉽게 결정할 사안이 아니라 사료되옵니다.”

난데없이 나칸의 의견에 정면으로 반박을 하는 이가 있었으니.

그는 반듯한 이마에 뚜렷한 이목구비를 가진 화려한 복장의 청년이었다.

다름 아닌 제국의 2황자 라테르.

이에 나칸은 인상을 살짝 찌푸렸다가 다시 폈다. 그는 짐짓 온화한 인상을 유지한 채로 물었다.

“허허, 이 황자 전하께서는 어찌 그런 생각을 하시는 것이오. 제국의 백성들은 모두 아시엘이 마녀라는 사실을 아주 잘 알고 있소이다. 마녀를 제거하지 않으면 백성들은 불안해할 것이며 그것은 황제 폐하의 영도력에 아주 큰 오점이 될 것이오. 또한 모든 걸 떠나 이번 플레인 백작의 부대가 돌아오지 않은 것이야말로 바로 아시엘이 마녀라는 증거가 아니겠소?”

라테르는 나칸을 노려봤다.

“그건 확실하지 않은 심증일 뿐이오. 그 어떤 것에도 아시엘이 용자가 아닌 마녀라는 증거는 보이지 않는단 말이오. 아니, 오히려 그대의 말과 달리 백성들 중 다수는 아시엘 공주가 전설의 용자라 생각하고 있소. 부디 손바닥으로 하늘을 가리려 하지 마시오, 대마법사."

순간 나칸의 두 눈이 섬뜩하도록 차갑게 번뜩였다. 곧바로 그의 눈빛은 다시 본래로 돌아왔지만 그의 표정은 살짝 굳어 있었다.

"하면 설마 이 황자 전하께서도 아시엘을 전설의 용자라 생각하시는 것이오?"

"나 또한 모르오. 하지만 그녀가 용자가 아니라는 증거도 없지 않소? 그대가 비록 현자라 불릴 만큼 뛰어난 대마법사라 하나 루파인 왕국을 멸망시킨 것은 너무 경솔한 일이었소. 지금도 마찬가지요. 황제 폐하의 스승이시자 제국의 대마법사인 그대가 어찌 아시엘 공주에 관한 일에 대해서는 그리 편파적인지 모르겠소."

뛰어난 검술 실력과 강직한 성격을 지닌 이 황자 라테르는 황궁에서 나칸에게 그나마 반대의 의견을 대놓고 말할 수 있는 몇 안 되는 인물 중 하나다.

이는 그가 황제의 아들인 황자라서 가능한 것이다. 그렇지 않았다면 나칸에 의해 진작 제거되고 말았으리라.

곧바로 나칸은 알 수 없는 미소를 흘리더니 말했다.

"지금 전하께서는 제가 경솔하다 하셨습니까? 하나 모든 건 황제 폐하의 윤허를 받고 행한 일이었습니다. 그 일을 경솔하다 말하는 건 곧 황제 폐하를 경솔하다 말하는 것과 같습니다."

"내 말은 그게 아니라……."

순간 어좌에서 호통이 터져 나왔다.

"시끄럽구나, 라테르. 너는 언제쯤이나 좀 철이 들 생각인 것이냐? 한심한 놈 같으니."

황제가 못마땅하기 그지없다는 표정으로 라테르를 내려다보고 있었다. 라테르는 억울하다는 듯 뭐라 항변하려 했다.

"폐하, 소자의 뜻은 그게 아니오라……."

"닥치거라. 짐의 뜻이 이미 대마법사와 같음을 밝히었다. 그런데도 그와 같은 망발을 하다니 네 녀석이야말로 진정 경솔한 행동을 하고 있음을 모르느냐?"

"폐하! 어찌 항상 대마법사의 말만 듣고 다른 쪽으로는 귀를 열지 않으십니까? 진정으로 한 번 소자의 뜻을 헤아려 주옵소서."

"물러나라 했다."

"이번 일은 절대 물러날 수 없사옵니다. 혹여라도 아시엘 공주가 용자라면 폐하께서는 자칫 돌이킬 수 없는 실수를……."

"네 이놈! 아직도 정신을 못 차렸느냐? 그간 몇 번이고 네놈의 무례한 행동을 묵과했다만 이제 더 이상 참을 수 없구나. 감히 짐의 뜻을 거스른 이상 네가 아무리 황자라 해도 용서치 않을 것이다."

황제는 극도로 분노한 기색이었다. 그러자 나칸이 회심의 미소를 지었다. 그러나 그는 짐짓 온화하기 이를 데 없는 미소를 지으며 황제를 향해 말했다.

"폐하, 너무 이 황자 전하를 나무라지 마옵소서. 모두 폐하를 위한 충정에서 비롯된 것이 분명하옵니다."

그러자 지금껏 잠자코 있던 1황자 프론스도 입을 열었다.

"폐하! 부디 통촉하여 주시옵소서. 이 황자도 본인의 경솔함을 뉘우치고 있을 것입니다. 부디 관용을 베푸시어 이 일로 이 황자를 벌하지 마시옵소서."

프론스는 1황자이자 동시에 제국의 황태자이기도 했다.

2황자 라테르와 달리 대마법사 나칸과 좋은 관계를 유지하고 있으며, 공식 석상에서건 사적인 공간에서건 단 한 번도 황제의 뜻을 거스른 적이 없어 황제의 총애를 받고 있기도 했다.

황제가 프론스를 힐끗 쳐다봤다.

"네 뜻은 어떠냐? 설마 너 또한 짐의 뜻이 경솔하다 판단하고 있지는 않겠지?"

"그럴 리가 있겠사옵니까, 폐하? 소자 또한 대마법사의 주장이 옳다 생각하옵니다. 폐하께서는 속히 대마법사에게 이 일의 전권을 맡기시어 마녀 아시엘을 제거하시옵소서. 그리하면 흉흉해진 민심은 금세 잦아들 것이옵니다."

그러자 황제의 입가에 흡족한 듯 미소가 피어났다. 나칸 또한 만면에 미소를 지었다.

"허허, 역시 황태자 전하이시옵니다. 상황을 아주 정확하게 파악하고 계시니 진정 놀랍사옵니다. 따라서 이 일에 대한 전권은 소신이 아닌 황태자 전하께서 맡으셔야 하옵니다."

황제가 고개를 끄덕였다.

"황태자는 한 번도 나의 기대를 저버린 적이 없었다. 지금도 마찬가지야. 게다가 동생을 생각하는 마음까지 나쁘지 않다. 저 망종 녀석이 제 형을 반만 닮았다면 좋았을 것을."

황제는 다시 라테르를 보며 혀를 찼다. 나칸이 묘하게 웃으며 말했다.

"폐하! 아무래도 이 황자 전하께서는 여전히 아시엘 공주를 연모하고 있는 듯하옵니다. 하나 젊은 혈기라면 충분히 그럴 수 있는 일이오니 그만 너그럽게 용서해 주심이 어떠실는지요?"

순간 황제의 표정이 더욱 굳어졌다. 그는 곧바로 이 황자를 잡아먹을 듯 사납게 노려봤다.

"네 이놈! 설마 지금도 그 사악한 마녀를 네 마음에 두고 있다는 말이냐?"

"그, 그게……."

순간 2황자는 당황했다. 사실 나칸의 말은 틀리지 않았다. 그는 진작부터 아시엘을 연모하고 있었고, 루파인 왕국이 멸망하지 않았다면 그녀에게 청혼을 했을지도 모를 일이었다.

그러나 어느 날 갑자기 나칸이 아시엘을 가짜 용자라 지목하고 마왕의 하수인이자 마녀라며 몰아붙였던 것이다. 심지어 그 이유로 루파인 왕국을 멸망시키기도 했다.

'그때의 일은 아무리 생각해 봐도 미심쩍은 구석이 많아. 난 반드시 밝혀내고 만다. 대마법사 나칸, 저자의 속셈이 뭔지 말이야.'

2황자는 속으로 이를 갈았다. 그때 황제가 다시 물었다.

"왜 말을 못하느냐? 이 한심한 놈 같으니! 지금껏 네놈은 한낱 마녀의 미색에 빠져 짐의 뜻을 거스른 것이었더냐? 그러고도 네가 사르곤 제국의 이 황자라 말할 자격이 있느냐?"

"폐하! 어찌 그런 말씀을……."

"닥치거라. 더 이상 네놈과 말을 섞고 싶지도 않구나. 여

봐라, 이 황자를 즉시 별궁에 가두고 그 누구도 접촉하지 말게 하라."

"예, 폐하!"

근위 기사들이 라테르를 데리고 나갔다.

"크흑! 어찌 소자에게 이러시옵니까? 폐하! 제발 소자의 뜻을 헤아려 주시옵소서!"

울부짖으며 끌려 나가는 2황자를 보며 나칸은 회심의 미소를 지었다.

'세상 무서운 줄 모르고 날뛰는 망둥이 놈 같으니! 언제고 네놈은 내 손으로 직접 죽여 주마.'

그렇다. 나칸은 말로는 2황자를 용서해 주라 말하며 관용스러운 태도를 보였지만, 실상은 2황자를 더욱 궁지로 몰아붙였던 것이었다.

곧바로 황제가 명했다.

"마녀 아시엘을 토벌하라는 여러 대신들의 뜻은 짐의 뜻과 일치한다. 하여 짐은 이번 일에 제국의 병력 중 오만을 동원할 것을 명하노라. 또한 군소 동맹국들에게도 파병을 요청하라. 이 일에 대한 전권은 황태자에게 맡기겠노라. 황태자는 대마법사와 긴밀히 협조하여 반드시 아시엘을 제거하도록 하라."

"폐하의 명을 받듭니다."

그렇게 아시엘의 아스피스 성에 또다시 암운이 형성되기 시작했다.

제국의 정예 5만과 군소 왕국의 병력 5만!

조만간 도합 10만의 대군이 아시엘의 성을 향해 진군할 것이기 때문이었다.

*　　*　　*

"키키키키! 인간……! 피를 내놓아라."

"크크크큭! 살아 있는 이가 이곳까지 오다니!"

또 하나의 동굴 갈림길에 들어서자 스켈레톤들이 우르르 나타나 몰려왔다.

로이스는 할버드를 쾅 바닥에 꽂아 놓고는 허리춤의 검을 빼 들었다.

"후후, 와라! 모조리 없애 주마."

퍽! 파악! 콰직!

로이스의 검이 스켈레톤들의 가슴을 찌르고 허리를 베어냈다. 또한 두개골을 사정없이 내리치기도 했다.

검신에 맺힌 미호의 기운으로 인해 스켈레톤들은 대충 스치기만 해도 박살이 나 버렸다.

로이스의 앞을 가로막았던 10여 마리의 스켈레톤들이

부서진 뼛조각으로 변해 널브러진 것은 순식간이었다.

[미스토스의 은총이 당신의 노력에 대한 보상을 줍니다.]

[당신은 한 손 검을 더욱 능숙하게 다룰 수 있게 되었습니다.]

[당신의 한 손 검 전술이 14단계로 상승했습니다.]

"좋아. 드디어 한 단계 또 올랐군."

로이스는 미소를 지었다. 그러고는 앞을 노려봤다.

다시 또 다섯 갈래의 동굴이 그의 선택을 기다리고 있었던 것이다.

"여기도 와 봤던 곳이야. 내가 안 가 본 건 바로 저쪽 동굴뿐."

로이스는 갈림길 중 가장 오른쪽을 향해 성큼성큼 걸어갔다.

그러자 다시 나타난 스켈레톤들.

"키키키키! 여기가 어디라고 왔느냐?"

"크크큭! 망자의 영역에 들어선 이상 결국 네놈도 죽게 될 것이다!"

로이스는 그것들의 말을 무시한 채 그대로 달려가 검을 휘둘렀다.

푹! 푸확! 우직!

스켈레톤들이 맥없이 널브러졌다. 로이스는 이마에 흐르는 땀을 닦았다.

"젠장! 정말 지겨운 곳이구나. 벌써 며칠 째야."

5개의 이슬떡 중 지금 남은 건 1개뿐.

정말로 극도로 허기가 져서 도저히 견딜 수가 없을 때가 아니면 이슬떡을 먹지 않았다.

그런데도 그사이 4개나 먹었으니, 이 미로 안에서 대체 얼마의 시간이 흐른 것일까?

언뜻 생각해 봐도 대충 15일은 지난 것 같았다.

이슬떡 하나로 며칠씩 지냈기 때문이다. 이는 그만큼 이슬떡의 공복 충족감이 뛰어나기도 했지만, 로이스가 가진 초인적인 의지도 한몫했다.

이슬떡을 먹고 나면 대략 하루 정도는 포만감이 유지되고 잠을 자지 않아도 신체 상태는 최상을 유지한다.

그러나 이튿날부터는 점차 그 효력이 떨어지기 시작한다.

당연히 허기도 지고 목도 마르다. 시간이 지나면 졸음이 몰려오는 것도 마찬가지다.

로이스는 최대한 버티면서 갈증에 목이 탈 때마다 이슬

떡 대신 포션을 한두 방울씩 입에 털어 넣으며 버텼다.

그것만으로도 갈증은 사라졌고 약간의 체력도 회복됐다.

하지만 허기까지 해결될 수는 없는 일.

그 후로 며칠 더 지나면 포션만으로는 버틸 수 없는 시기가 온다.

바로 그때서야 이슬떡을 먹었다.

'이럴 줄 알았으면 이슬떡을 많이 가져왔어야 했어.'

배낭이 커서 번거롭더라도 그것을 들고 왔으면 지금처럼 식량 걱정을 할 필요는 없을 것이다.

그나마 물의 정령 퓨리가 이슬떡 5개를 챙겨 줬으니 망정이지 그렇지 않았다면 이 미로 속에서 지금까지 쫄쫄 굶고 말았으리라.

'그나저나 꼴이 말이 아니네.'

로이스는 현재 머리카락은 헝클어지고 옷도 도처에 먼지와 스켈레톤들의 뼛가루들로 범벅이 되어 지저분하기 이를 데 없었다. 게다가 배가 무척 고파 한 손으로 배를 움켜쥐고 있었으니.

로이스는 당장이라도 마지막 남은 이슬떡을 입안에 털어 넣고 싶었지만 참았다.

'마지막 남은 하나는 반드시 그놈을 발견한 후에 먹어야 해.'

스켈레톤 로드는 만만치 않은 상대일 것이다.

지금처럼 체력이 떨어진 상태로 섣불리 싸웠다간 큰 낭패를 당할 수도 있었다.

그렇게 다시 하루 정도의 시간이 흘렀을까?

로이스는 드디어 미로를 돌파하는 데 성공했다.

우르르르!

막다른 길이라 생각했던 동굴이 무너져 내리며 앞에 드러난 공간!

'저것은?'

성이었다. 음침하기 이를 데 없는 흑색의 벽돌로 이루어진 커다란 성.

성벽 위에는 수많은 스켈레톤들이 검과 창, 화살 등으로 무장한 채 로이스를 내려다보고 있었다.

또한 정면의 망루 위에는 보통의 스켈레톤보다 열 배는 큼직한 스켈레톤이 그의 신장에 필적하는 거대한 대검을 어깨에 걸친 채 로이스를 노려보고 있었다.

"네가 스켈레톤 로드냐? 쥐새끼같이 이런 곳에 숨어 있었군."

"여기까지 오다니 대단하구나. 하지만 차라리 오지 않는 것이 네놈에게는 나았을 것이다. 이제 널 죽여 영원한 나의 노예로 만들어 주마. 네놈은 나의 충실한 선봉장이 되어 네가 지키려던 용자를 오히려 공격하게 될 것이다."

그 말을 하는 스켈레톤 로드의 두 동공에서 소름 끼치도록 차가운 안광이 번뜩였다.

그뿐이 아니었다. 성벽 위에 시커멓게 서 있는 스켈레톤들의 동공에서도 일제히 핏빛의 안광이 번쩍였다.

그 누구라도 이와 같은 상황에서는 공포에 정신이 얼어붙고 말리라.

그러나 로이스는 담담히 웃었다.

"다들 날 만나는 녀석들은 너와 같은 말을 한다. 하지만 그동안 내게 그런 말을 한 녀석들은 모두 죽었지. 너 또한 마찬가지야."

그 말을 끝으로 로이스의 안광이 시퍼렇게 빛났다.

순간 스켈레톤 로드를 필두로 성벽 위에 있던 수천의 스켈레톤들이 일제히 움찔했다.

"쿠오오오오오!"

그러나 스켈레톤 로드가 이내 커다란 포효를 날리자 스켈레톤들은 다시 험악한 분위기로 돌아갔다.

곧바로 스켈레톤 로드가 비웃듯 말했다.

"네가 제법 강한 녀석일 수는 있지만, 지금 그 꼴로 나의 공격을 받아 낼 수가 있겠느냐?"

하긴 누가 봐도 지금 로이스의 몰골은 처참해 보였다.

지저분한 외모도 외모지만 굶주림에 지쳐 금세라도 쓰러질 듯 위태해 보였기 때문이다.

로이스는 기이한 미소를 흘렸다.

"역시나 넌 이것을 노리고 있었군. 내가 이곳까지 오며 체력을 모두 소진하고 전투력이 떨어지길 기다리고 있었던 거야."

"크크크, 제법 머리가 돌아가는 녀석이구나."

스켈레톤 로드는 부인하지 않았다. 어차피 로이스에게 쓰러진 스켈레톤들이야 시간이 지나면 저절로 부활하게 되어 있으니 부하들을 잃은 것은 아니었다.

사실상 그는 아무런 피해도 입지 않고 로이스의 전투력을 떨어뜨려 놓은 셈이었다.

그러나 그 또한 미처 생각지 못한 부분이 있었으니.

로이스가 이때를 대비해 최후의 비약을 숨겨 놓고 있었음을 말이다.

스윽.

로이스는 말없이 아껴 두었던 이슬떡을 꺼냈다.

"후후, 드디어 이걸 먹는구나. 배고파 죽는 줄 알았네."

앞에 수천의 스켈레톤 부대가 노려보고 있었지만 그런 건 신경도 쓰지 않았다.

로이스는 마치 어디 소풍을 나와 경치 좋은 곳에 앉아 도

시락을 먹는 것처럼 여유로워 보였다.

"일단 잎사귀를 벗기고."

이꼬트들의 신비한 주술이 깃든 잎사귀로 인해 이슬떡은 처음 만들어진 그대로의 신선도를 유지하고 있었다.

우걱! 냠냠! 쩝쩝!

곧바로 이슬떡을 입안에 털어 넣고 씹었다. 급하게 먹을 이유가 없어 천천히 맛을 음미하며 씹어 먹을 생각이었지만, 막상 입안에 넣고 보니 그게 뜻대로 되지 않았다.

꿀꺽!

너무 허기가 졌다 보니 금세 씹어 삼키고 말았던 것이다.

"휴, 이제야 좀 살겠군."

그렇게 로이스가 이슬떡을 먹고 배를 두드리는 모습을 스켈레톤 로드는 어이없다는 듯 쳐다봤다. 자신과 부하들이 지켜보고 있는 앞에서 음식을 먹을 생각을 한다는 것 자체가 기막혔던 것이다.

어쨌든 더는 두고 볼 수 없는 일.

그는 즉시 대검을 앞으로 휘두르며 크게 외쳤다.

"어둠의 전사들이여! 나의 충실한 노예들이여! 감히 나를 대적하는 저 가증스러운 인간 놈을 공격하라!"

그러자 스켈레톤들이 일제히 함성을 지르며 공격을 시작했다.

"쿠아아아아!"

"키키키키!"

스켈레톤 궁수들은 활을 쐈고, 스켈레톤 검사들과 창병들은 성벽에서 그대로 뛰어내려 로이스를 향해 돌진해 왔다.

그 순간 로이스의 몸이 그 자리에서 사라졌다.

아니, 사라진 것이 아니라 앞으로 빠르게 달려가 훌쩍 도약한 것이었다.

휘익!

양손으로 할버드를 꽉 쥔 채 그가 올라선 곳은 스켈레톤 로드가 서 있는 망루 위.

그것은 그야말로 눈 깜짝할 사이에 벌어진 일.

로이스가 차갑게 웃었다.

"내가 또 저따위 녀석들과 실랑이를 벌일 거라 생각했어? 널 해치우면 알아서 없어질 텐데."

스켈레톤 로드는 설마하니 로이스가 이토록 빠르게 자신의 앞에 나타날 줄은 상상 못 한 듯 움찔 놀라는 기색이었다.

〈다음 권에 계속〉

DREAMBOOKS